GUILTY

Du même auteur, en hors collection :

Lancer l'alerte
Demain il sera trop tard
Traqués sur la lande
La traversée

Quand vient la vague, avec Manon Fargetton
En plein vol, avec Manon Fargetton

En Heure noire :

Foulée d'enfer
Un dossard pour l'enfer
Sept ans plus tard

En poche :

Les Initiés
1. Tomas et le réseau invisible
2. La promesse de Lylas
3. Fugitifs dans la nuit

En Flash Fiction :

La nuit des requins

Jean-Christophe Tixier

GUILTY

L'affaire Diego Abrio

RAGEOT

Cet ouvrage a reçu le soutien du Centre National du Livre

Cet ouvrage a été imprimé sur un papier issu de forêts gérées durablement, de sources contrôlées.

Couverture : Alice Peronnet

Maquette intérieure : Marion Biffaud

ISBN : 978-2-7002-7649-7.

À Stéphane,

Guilty – Droit, Justice

Devenez un acteur
de la justice populaire
*(Application officielle
du Ministère de la Justice)*
4,8 ★★★★ 16 + 988 k

Téléchargez gratuitement
l'application Guilty.

Avec Guilty :

- Retrouvez les profils de tous les coupables susceptibles d'être relâchés,
- Participez, en un simple clic, à la désignation des prochains relâchés,
- Suivez l'évolution de leur cavale,
- Soyez informé du sort qui leur sera réservé, par des alertes en temps réel.

Coupable :
personne qui a commis un crime, un délit, une infraction.

Articles 1, 2 & 3 de la loi sur le relâchement

Article 1 :

Toute personne ayant purgé les trois premières années de sa peine de prison est susceptible d'être désignée par la procédure dite populaire, pour être relâchée.

Article 2 :

Le·a relâché·e restera coupable aux yeux de la justice et de la population. Il·elle sera donc livré·e à lui·elle-même et ne pourra réclamer aucun soutien ou aide d'une quelconque autorité de l'État.

Article 3 :

Les personnes ou groupes de personnes qui porteront atteinte à la vie du·de la relâché·e bénéficieront de l'impunité totale.

Toutefois, la séquestration, la torture, ainsi que toute violence inutile demeurent interdites et pourront faire l'objet de poursuites.

Je m'appelle Diego. J'ai vingt-deux ans.

Je suis né un matin d'avril, à 9 heures.

Ma mère m'a, de nombreuses fois, raconté qu'il faisait beau ce matin-là et que, par une fenêtre ouverte de la maternité, elle entendait le chant joyeux d'un merle. Tout le monde disait que c'était un heureux présage, et que ma vie aurait la légèreté et la beauté du gazouillis des oiseaux. Mais le chant du merle s'est tu à jamais. Sous l'effet de la colère qui m'éventre, du passé qui me bouffe, des regrets qui m'étouffent. Sous les hurlements et les menaces de mes codétenus. Sous l'effet de la violence qui se déchaîne autour de moi. Et en moi.

Pourtant, la vie semblait me sourire. J'ai grandi entouré d'amis, sans vraiment réaliser que l'existence est une chose fragile. Puis il y a eu la rencontre avec Mona, point de départ d'une histoire d'amour passionnée. Quand je me remémore ces années, j'ai l'impression qu'elles appartiennent à un autre. Car, de tout cela, il ne reste rien. Une seconde a suffi pour que tout se fracasse. Une seconde dont j'ai permis l'existence, par ma bêtise et mon inconséquence.

La suite ?

Un enchaînement fou qui a pulvérisé mon avenir. Une rage infinie qui bat dans chacune des cellules de mon corps.

Coupable !

Le mot a claqué dans le silence pesant du tribunal. Depuis, son écho résonne dans mon esprit et me réveille chaque nuit, couvrant pour toujours le chant du merle.

Oui, je suis coupable, et il en sera ainsi jusqu'à mon dernier souffle.

Mais le moment de faire face arrive.

Nouvelle sentence.

Nouveau verdict.

Bientôt.

1

LUNDI, 23H30 – PRISON CENTRALE

— Tu vas devenir un héros, mec !

Diego se raidit en voyant son codétenu esquisser quelques pas d'une improbable danse de la victoire, poing serré et bras levé. Il lui intime de se taire. Son cœur n'est plus que pulsations, qu'il ne contrôle pas.

— 2 987 255 avis positifs ! insiste Karl. C'est complètement dingue, mec.

Son enthousiasme envahit la cellule en un écho sinistre. Diego, lui, se tient immobile, sans parvenir à décoller son regard de l'écran de télévision fixé au mur. Même si c'est sa photo qu'il fixe, il ne réalise pas que c'est de lui que parle la présentatrice du JT.

— Putain, mec, tu vas devenir une star, une vraie star ! s'acharne Karl.

Karl doit avoir vingt-cinq ou vingt-six ans, ne peut s'empêcher de parler, a un avis sur tout, tout le temps. À croire qu'il a peur du silence et que sa propre voix le rassure. Il raconte qu'il n'y est pour rien dans ce qu'on lui reproche, qu'il n'était sur le lieu du braquage que pour donner un coup de main à de vieux potes, un simple guetteur, et s'il avait su que ça tournerait mal, il aurait refusé d'occuper ce rôle. D'habitude, Diego l'écoute sans prêter attention à ce qu'il raconte, secoue par moments la tête pour lui laisser croire qu'il suit tout ce qu'il dit. Mais là, il ne supporte plus de l'entendre délirer en boucle. Diego se retient de lui coller son poing dans la figure pour le faire taire, et se contente d'un « Ferme-la ! » tranchant en le fusillant du regard. Il a dû être convaincant, car l'autre va s'asseoir sur sa couchette en bougonnant. Diego l'ignore.

Son portrait affiché sur l'écran le fascine. C'est bien lui, pourtant… il date d'avant son arrestation, il y a trois ans. Arrestation. Condamnation. Emprisonnement. Vie qui s'arrête. Trois années, une éternité.

En bas à droite de l'écran, le compteur des clics s'emballe. 2 987 327. 2 988 632. 2 990 453.

Diego imagine les internautes derrière leur smartphone, tente de deviner les émotions qui les parcourent en voyant leur vote s'afficher. Un clic, qui incrémente le compteur et le rapproche inexorablement de la barre fatidique des 3 000 000.

Colère ? Satisfaction ? Rage ? Pitié ? Jubilation ? Excitation ? Amusement ? Esprit revanchard ?

Ce tourbillon d'émotions l'emporte alors que débute une attente fébrile qui s'étirera sur d'interminables heures, ou bien de courtes minutes. Son temps à lui ne s'écoule plus au rythme de celui des autres, mais à celui des nombres égrenés par le compteur.

2 991 184. 2 992 002. 2 992 795.

Diego se rend jusqu'au petit lavabo à l'émail fêlé, ouvre le robinet pour s'asperger le visage d'eau froide. Il le sent à peine. Le cap des 3 000 000 n'est plus qu'à une portée de clics. Au-delà de cette limite, ce sera le grand saut. Il devrait s'allonger, tenter de dormir quelques heures pour reconstituer ses forces et mettre toutes les chances de son côté. Seulement, son corps est un volcan en éruption, son sang de la lave en fusion dans ses veines.

2 993 588. 2 993 891. 2 994 258.

Il voudrait éteindre l'écran, mais ce décompte l'hypnotise. Son sort est en train de se jouer devant ses yeux, sans qu'il puisse intervenir. L'effet de l'eau fraîche sur son visage s'est déjà estompé. L'immobilisme ankylose son corps, semble sécréter une substance toxique qui le rend nerveux. Il aurait besoin de marcher, de courir.

— T'as intérêt à te reposer si tu veux que la chasse au lapin dure plus de cinq minutes.

Karl éclate d'un rire gras qui se termine en quinte de toux – une toux qui ne le quitte plus depuis deux mois. Il est dans un sale état.

— Vaut mieux que ce soit toi que moi, ajoute-t-il, comme s'il avait perçu les pensées de Diego.

2 994 334. 2 994 572. 2 994 897.

Plus rien ne pourra arrêter le compteur. Il sera le prochain. Certainement avant l'aube. Un instant, il se demande à quoi ressemblera la suite, abandonne l'écran et se résout à grimper sur sa couchette.

Par chance, la blessure de Karl à son genou droit l'empêche de monter à la petite échelle métallique. Diego a donc hérité de la couchette supérieure. Mais en prison, rien n'est jamais acquis, la lutte est permanente. Trois mois plus tôt, Rony a intégré leur cellule, a aussitôt cherché à l'en déloger. Le genre de mec tout en nerfs, qui ne connaît que le rapport de force, l'agressivité et l'insulte. Diego a tenu bon, a serré les poings et menacé le nouveau venu. Depuis deux jours, ce dernier a été placé à l'isolement après qu'il a défoncé Karl, au motif qu'il refusait de lui céder sa ration de pommes de terre. Diego s'est interposé, a pris un coup de poing dans les côtes, en a asséné deux à Rony avant de parvenir à le neutraliser. Les gardiens ont tardé à venir. Leur priorité n'est pas de séparer les fauves.

Diego est soulagé qu'il ne soit pas ici, au moment où son existence va basculer. Avec Karl, c'est différent. Ils partagent cette cellule depuis presque deux ans. Avec eux, il y a toujours eu un troisième détenu, parfois un quatrième. Eux deux ont systématiquement fait bloc face aux autres, dans une sorte de pacte tacite. Diego a plusieurs fois défendu Karl, que son caractère trop doux transforme en proie facile. Il n'ose imaginer ce que son codétenu subira une fois qu'il se retrouvera sans sa protection. Il refuse de penser à ça. Il a assez à faire avec lui-même.

Diego s'allonge sur sa couchette. De là-haut, il a l'impression d'échapper à la saleté de leur cellule. Une cuvette de W.-C. mal isolée par un rideau qu'ils ont bricolé avec un vieux drap. Une table, une chaise et un tabouret, qu'ils doivent empiler quand l'un d'eux veut faire une série de pompes. D'espace, il n'y a pas. Mais ils ont de la chance. Dans certaines cellules, ils sont parfois cinq ou six à occuper cette surface.

Les murs ont récemment été repeints, d'un jaune si pâle qu'il laisse déjà ressortir les taches d'humidité. Diego les connaît toutes, pourrait même les cartographier tant il les a observées pour éviter de ressasser sans fin la seconde où tout a basculé. Il n'a rien à accrocher aux murs qui pourrait donner un semblant d'âme au lieu. Karl, lui, a punaisé un portrait de sa copine au-dessus de son lit, ainsi qu'une photo d'une plage de rêve où il n'est jamais allé. Du rêve à pas cher. Son truc à lui pour ne pas devenir fou entre ces quatre murs. Quant à Rony, il a épinglé des images de kick boxing.

Diego sent des larmes dévaler ses joues, se retient de hurler. Il se sent complètement paumé. Quand il ferme les yeux, tout se met à tanguer dans sa tête au point qu'il croit qu'il va vomir. Alors il relève les paupières, fixe le plafond et suit du regard les fissures qui s'entremêlent.

À intervalles réguliers, des cris retentissent, qui envahissent les couloirs et se déversent dans les coursives, les escaliers ainsi que dans la cour de promenade. Soudain, à quelques cellules de la leur, un hurlement couvre les autres. « Au viol ! » Aussitôt, des insultes salaces répondent à l'appel au secours. « Prends ton pied ! Garde des forces pour venir me voir ! » Les sifflets des gardiens résonnent, qui réclament le silence. Impossible de dormir… C'est un avant-goût du chaos qui l'attend à l'extérieur.

Il jette un œil à l'écran. 2 995 604. Il voudrait que le compteur grimpe plus rapidement encore. Autant en finir au plus vite. Il sait qu'il ne pourra l'empêcher de franchir le cap des 3 000 000 de clics. Cette attente, insupportable, lui donne l'impression qu'un alien le ronge de l'intérieur.

Les yeux ouverts, il fait défiler dans sa mémoire sa vie d'avant. Sa mère. Son père. L'école. Ses copains. Le collège. Le basket où il excellait, grâce à son allure athlétique qui compensait les quelques centimètres qui lui manquaient. Les matchs. Le lycée, puis la fac… des images qui lui semblent surgies d'un film de science-fiction, qui n'aurait plus rien à voir avec lui. Il les évacue, se concentre sur le portrait de Mona dont il redoute que les contours s'effacent. Aussi, il s'y accroche. Il n'a plus que ça.

Une puissante clameur tire soudain Diego du demi-sommeil dans lequel il ne s'est pas senti glisser.

Trois millions, scandent des cris en provenance des autres cellules.

— Trois-mi-llions ! Trois-mi-llions ! Trois-mi-llions !

Il se redresse. Karl, debout, le regarde avec un sourire compatissant.

— Tu y es, mec !

Comme s'il avait besoin d'une confirmation, Diego jette un œil à la télévision. Le compteur, immobilisé sur 3 000 000, clignote en rouge. Des larmes envahissent ses yeux, qui menacent de s'écouler sur ses joues. D'un geste rapide du poing, il les sèche. Il est trop tard pour pleurer.

Il s'approche de la petite fenêtre. Derrière les barreaux il y a la nuit, puis le mur d'enceinte et, au-delà, la ville. À cette heure, il ne doit rester dehors que les fêtards et les insomniaques. Il est encore trop tôt pour que le flot de ceux qui, bientôt, se lèveront pour partir travailler, ait envahi la rue.

La suite ? Battements furieux de son cœur, qui couvrent les hurlements sans fin en provenance de toutes les cellules. Recommandations de Karl, qu'il n'écoute pas. Pensées qui se télescopent. Puis la serrure qu'on actionne. Et la porte qui grince.

Ils sont deux, en uniforme.

2

MARDI, 7H50 – PALAIS DE JUSTICE

— Bouge pas !

Le ton n'est ni amical, ni brutal, d'une simple neutralité qui conforte Diego dans l'idée qu'il n'est qu'un numéro. Depuis qu'il a été arrêté et jugé, il a perdu son prénom, son nom ainsi que tout ce qui le rattachait à sa vie d'avant.

Accroupi devant lui, un agent ajuste un bracelet électronique à sa cheville. Une fois l'attache scellée, il vérifie qu'elle tient bien, puis reporte son attention sur son ordinateur pour tester le fonctionnement de la transmission. L'homme est concentré. Il paraît à peine plus âgé que Diego. Mais lui, il est du bon côté.

Après quelques manipulations, une fenêtre s'ouvre sur son écran.

Diego ABRIO

Homicide volontaire

22 ans

Dangerosité : 3/10

Pouls : 110

Indice de Stabilité

Émotionnelle : 4/10

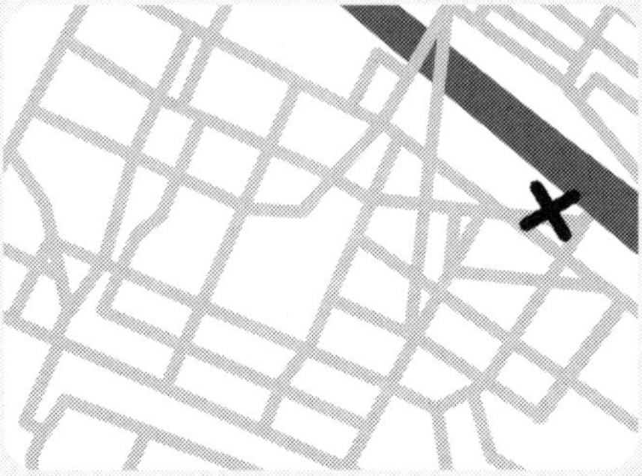

L'agent se tourne vers Diego, le scrute avec attention, semble vouloir évaluer si les données affichées sont plausibles. Puis il pose ses doigts à plat sur son poignet, observe sa montre et le fixe de nouveau droit dans les yeux.

— C'est pas étonnant d'avoir un pouls aussi élevé dans ces circonstances, même sans avoir fait d'effort physique. Pareil pour ton I.S.E.

— Mon quoi ? l'interroge Diego.

— Ton Indice de Stabilité Émotionnelle. Avec ce que tu vas vivre, c'est normal qu'il soit si bas. J'ai vu pire.

Diego se demande si l'agent a dit cela pour le rassurer, s'il est blasé par l'habitude ou contraint à la discrétion.

— Qui a accès à ces informations ? le presse Diego.

L'agent lâche un long soupir.

— Le juge t'expliquera tout ça.

— Il n'y a pas ma photo ?

L'agent fait non de la tête.

— Garde tes questions pour le juge. Il est le seul habilité à te répondre. Moi, je suis simplement là pour régler la technique.

— Cette croix sur le plan, c'est quoi ? C'est moi ?

L'agent fait mine de ne pas avoir entendu et se mure dans le silence, le visage désormais fermé. Diego vacille. Des larmes brûlent ses yeux.

Juste avant qu'il n'éteigne l'ordinateur, Diego aperçoit une dernière fois sa fiche. Son pouls a grimpé à 118 et son I.S.E. n'est plus que de 2/10. Il suffoque – personne ne semble le remarquer. À cet instant, Karl lui manque. Il aimerait l'entendre. Lui parler. Tout, plutôt que sortir.

— Lève-toi !

Diego obéit, se concentre sur la sensation provoquée par le bracelet électronique fixé à sa cheville. Un mouchard, lourd, froid, qui va devenir son ennemi et dont il ne pourra pas se séparer.

Dans le couloir désert, il n'y a pas d'autres bruits que ceux de leurs pas qui résonnent. Diego ralentit, veut éviter que les siens claquent au même rythme que ceux de ses gardiens. Le silence du Palais de Justice est plus violent que les hurlements de la prison.

— Avance ! On n'a pas que ça à faire. Et le juge t'attend.

Par la fenêtre, Diego distingue le ciel encombré de nuages. Il tombe une pluie fine. Tout semble se liguer contre lui. Une colère sourde monte en lui, qu'il ne sait pas contre qui ou quoi diriger.

Ils croisent deux policiers en uniforme. L'un chuchote quelque chose en catimini à son collègue en le fixant. La respiration de Diego s'accélère. Ses poings se serrent. Sa colère vient de grimper d'un cran. N'y tenant plus, il demande à aller aux toilettes. Besoin d'une pause. Un des deux agents l'accompagne. L'endroit est décrépit. La petite fenêtre en verre cathédrale ne permet pas de voir à l'extérieur. Il la regarde un long moment. Cela le rassure. Il crève de peur. L'agent s'adosse au lavabo alors qu'il entre dans une cabine. Quand il en ressort, l'homme n'a pas bougé. Diego doit lui faire signe de s'écarter un peu pour pouvoir se laver les mains.

Un peu plus loin, on lui intime de s'arrêter. L'agent frappe deux coups secs sur une porte, juste en dessous d'une plaque sur laquelle figure un nom, puis un titre. *Elsa de Bauller. Juge des condamnations populaires.*

Sans attendre qu'on l'invite à entrer, l'agent ouvre la porte et pousse Diego vers l'avant.

Elles sont deux, derrière un grand bureau. Celle qui est assise au centre doit être la juge. Plus stricte. Plus sévère. Elle parcourt des yeux son dossier, respire profondément sans lui adresser le moindre regard. L'autre lui adresse un léger sourire teinté d'une sorte de tendresse ou de compassion, avec l'air de s'excuser de ne rien pouvoir faire pour lui. Enfin, la juge le toise quelques secondes avant de se replonger dans son dossier.

Les minutes s'écoulent, qui semblent des heures. Diego se demande si cette mise en scène est voulue, afin de donner plus de solennité à la convocation. Il se remémore son procès ; le moment du verdict ; le laps de temps entre l'annonce de sa culpabilité et celle de la longueur de sa peine.

— Si on vous relâche aujourd'hui, commence-t-elle enfin d'un ton dur, c'est que le peuple, en conscience, a décidé que votre dossier doit faire l'objet d'une procédure spéciale.

Elle le fixe d'un air sévère.

— Diego Abrio…

Viennent ensuite sa date de naissance, le rappel des faits, la sentence. Diego connaît tout cela par cœur. Il demeure immobile alors que ses pensées se débattent avec la vigueur désespérée d'un brochet que l'on viendrait de remonter à la surface, au bout d'un hameçon. L'instant où il va sortir. Celui où il sera jeté en pâture. Il se demande ce qu'il va faire, voudrait anticiper ses premiers gestes. Fuir. Oui, il va courir se mettre à l'abri, ensuite il réfléchira.

— Vous m'écoutez ?

L'interpellation de la juge interrompt ses pensées. Il secoue mollement la tête pour acquiescer ; elle ne le regarde déjà plus.

— Je vais vous expliquer le déroulement de la procédure. Dès que j'aurai signé votre certificat de libération, des agents vous conduiront au sous-sol du Palais de Justice. De là, un fourgon vous emmènera dans un lieu secret. À midi, vous serez relâché et livré à vous-même. Dès lors, chaque citoyen de ce pays aura la possibilité d'agir avec vous comme bon lui semble, en totale impunité.

Ces derniers mots lui donnent un début de nausée. Des images d'une violence inouïe assaillent son esprit : celles du déchaînement des coups ; le bruit de ses os qui rompent ; les hurlements qui galvanisent ses agresseurs et étouffent ses appels à une improbable clémence.

— Vous a-t-on expliqué le fonctionnement du bracelet électronique ?

— Non, on m'a dit que vous...

Elle le coupe.

— Chaque jour, à dix-neuf heures précises, une série de données vous concernant sera transmise à une plateforme électronique consultable par tous ceux qui ont téléchargé l'application *Guilty*. Outre votre pouls et votre Indice de Stabilité Émotionnelle, le bracelet transmettra votre géolocalisation à cet instant. Des questions ?

Diego en aurait des milliers à poser, mais il redoute que les réponses de la juge l'affolent un peu plus. Il se tait. C'est peut-être mieux ainsi. Elle attend deux secondes avant de reprendre :

— Pour conclure, la loi m'oblige à vous communiquer les données suivantes. Sur les 237 personnes ayant déjà été relâchées dans le cadre de cette procédure, 175 sont mortes après avoir été lynchées par la population, 9 ont réussi à rassembler les preuves de leur innocence et ont bénéficié d'un acquittement. Les 53 autres ont disparu, sans que l'on sache ce qu'elles sont devenues.

Diego ne peut s'empêcher d'effectuer un rapide calcul mental. 53 sur 237, cela fait un peu plus de 20 %. Cette perspective lui redonne une once d'espoir et d'énergie.

La juge tend un papier à l'agent.

— Vous pouvez l'emmener.

Il est 11 heures et vous écoutez Radio Fréquence Plus, la radio qui vous fait vivre l'information comme si vous y étiez.

Je vous livre l'alerte info que nous venons de recevoir. Dans une heure, Diego Abrio sera relâché. Accusé d'homicide volontaire, il était sur la liste des détenus susceptibles de faire partie de la procédure de condamnation populaire, qui permet au peuple de rendre justice. Cette nuit, il a atteint le seuil des trois millions de clics, ce qui a enclenché automatiquement son relâchement.

Notre correspondant, qui se trouve devant le Palais de Justice, nous signale des attroupements. Un face-à-face tendu a débuté entre partisans et opposants à cette procédure de relâchement. Les deux groupes s'invectivent avec violence. Les forces de l'ordre veillent à maintenir une distance suffisante entre les deux groupes afin d'éviter tout dérapage.

Nous vous tiendrons au courant de l'évolution de la situation dans nos prochains flashs d'information.

3

MARDI, 11H35

Depuis sa sortie du bureau de la juge, Diego est pris dans un tourbillon. Auscultation médicale. Prise de photographies. Restitution de ses quelques affaires : montre, briquet, papiers d'identité, quelques billets et pièces qui ne lui permettront pas de tenir longtemps, et son téléphone portable, qu'il glisse dans sa poche. Maintenant, on l'escorte en direction des sous-sols. Succession sinistre de couloirs, d'escaliers, de portes qui grincent, qu'on ouvre pour lui et que l'on verrouille de nouveau dans son dos.

Alors qu'ils atteignent un parking souterrain, la remarque de Karl sur la chasse au lapin vient le percuter, en écho à l'inquiétante réalité que la juge ne lui a pas cachée. Bientôt, il sera dehors… où personne ne l'attend, à l'exception de hordes haineuses. Ce sera à qui l'attrapera le premier et brandira victorieusement son corps sans vie. À grands coups de selfies, ou de séances vidéo diffusées en direct sur les réseaux sociaux. Oui, Karl avait raison. Il n'est qu'un lapin, aux pattes duquel on aurait attaché des poids.

Un van les attend, portières ouvertes. Blanc. Anonyme. Moteur déjà allumé. Trois hommes sont à l'intérieur, habillés en civil : deux à l'avant, un à l'arrière. Des allures de cadors. Visages durs. Carrures d'athlètes. Crânes rasés au plus court.

— Il est à vous ! lance un des agents qui l'ont accompagné jusqu'ici.

Diego grimpe à l'arrière. La portière claque aussitôt.

— Attache ta ceinture, ça va être sportif, lui intime l'homme à côté de qui il est assis.

Diego s'exécute. Le véhicule démarre. À chaque virage, les pneus crissent sur le sol en béton peint en jaune. Par les vitres teintées, il a du mal à distinguer l'extérieur. Il doit se contenter des seuls points lumineux qui balisent l'endroit. Le véhicule emprunte une rampe hélicoïdale qui va les ramener à la surface. Mécaniquement, et sans l'avoir décidé, Diego compte les tours. Un. Deux. Trois.

Au milieu du quatrième tour, la lumière du jour pointe à travers le pare-brise… vision irréelle de cet extérieur dont il est privé depuis si longtemps.

— Nous sortons ! transmet l'homme assis à l'avant dans son talkie-walkie.

Quand le van tourne à droite et accélère, Diego se retrouve plaqué contre la vitre. La lumière vive l'aveugle un instant, puis un tag attire son attention. Un cercueil, sur lequel il peut lire son nom et son prénom. Dessous, une salamandre, dont il ne comprend pas le sens. Un sentiment de panique s'empare de lui, l'étouffe. Après une centaine de mètres, le véhicule freine brutalement.

— Voilà tes fans ! s'amuse le chauffeur.

Face à eux, une foule compacte s'agite, que des agents tentent de contenir derrière des barrières métalliques. Certains brandissent des pancartes, d'autres tendent le poing. Tous hurlent.

— Planque-toi, lui ordonne son voisin.

Diego a juste le temps de baisser la tête avant que l'homme étende une couverture sur lui. Le noir dope son angoisse. Alors il écarte un des pans de la couverture et fixe la fenêtre sombre. De l'extérieur lui parvient la clameur étouffée de la foule en colère. Il ne perçoit pas les mots, mais le ton est rude, agressif, qui martèle son corps et le pétrifie.

Le véhicule avance lentement. Une canette percute la carrosserie, une deuxième. Chaque coup le fait sursauter. À mesure qu'ils progressent, les voix se font plus claires, plus puissantes. Il entend hurler son nom, puis se déverser des appels au lynchage. *Maintenant ! Livrez-le-nous !* Cette fois, la menace devient réelle, palpable.

— Ça va être chaud ! commente l'homme à côté de lui.

Diego jette un œil vers lui, accroche son front plissé.

— Vous allez réussir à passer ? tente-t-il.

— Tu la fermes sinon on ouvre la porte et on te jette ici !

À l'avant, le chauffeur s'énerve :

— Oh les cons, ils ont réussi à renverser une barrière.

Dans la seconde, les plus téméraires surgissent, s'accrochent au véhicule, le secouent, tapent du plat de la main sur la carrosserie, écrasent leur visage sur la vitre pour tenter de distinguer l'intérieur. Diego les entend hurler, redoute de reconnaître quelqu'un, voit maintenant leurs bouches déformées par la vitre et leurs rictus cruels, leurs yeux mauvais qui fouillent l'obscurité de l'habitacle.

— Il est là-dedans, c'est sûr !

— Faut pas le laisser filer !

— Il est à nous !

— Salaud, enfoiré ! Faut que tu crèves !

À l'intérieur, le calme tranche avec le chaos extérieur. Les agents ont l'habitude, ils connaissent leur métier.

— Le véhicule et toutes les vitres sont blindés, précise le type à l'arrière.

Cette information ne rassure pas Diego. S'il est pour le moment à l'abri, il sera bientôt dehors. Soudain, un flash jaillit puis un second. Un journaliste ? Ou bien un influenceur qui veut immortaliser l'instant pour le diffuser sur les réseaux sociaux ? Diego tire sur la couverture, se dissimule.

Les coups violents sur la carrosserie lui rappellent le fracas des tôles de sa voiture qui enchaîne les tonneaux. C'est comme un coup de couteau qui lui transperce le ventre. Des images le hantent, plus menaçantes que l'attroupement hostile. Il est au volant, sur une route de campagne déserte à cette heure, qu'il a empruntée des dizaines de fois. La pendule du tableau de bord annonce 02 h 50. Mona était crevée, elle voulait rentrer. Il la ramène chez elle. À l'arrière, il y a son frère, Alex, et son copain, Jules. Ils s'embrassent, laissent éclater leur bonheur. Mona rit avec eux, elle se tourne vers Diego, pose une main sur sa cuisse et se penche en quête d'un baiser. Puis c'est le choc, d'une violence inouïe. Ensuite, c'est le vide. Le noir absolu. Un trou immense dans sa mémoire. Plus tard, des coups sur la carrosserie le réveillent. Des pompiers tentent de les désincarcérer.

Dehors, les manifestants continuent de scander leurs appels au lynchage. Il sait mériter tout cela.

— Il faut dégager ! grésille le talkie-walkie.

Le véhicule se met en mouvement, déclenchant un concert de sifflets et de huées. Le chauffeur lance sa sirène avant de passer en force. L'instant d'après, il prend de la vitesse et tout redevient subitement calme. Diego respire. Il s'en est sorti. Pour cette fois.

Quand l'agent tire sur la couverture, il hésite puis se redresse. Dehors, c'est la ville. Il envie les passants aux bras chargés de courses, cette femme qui nourrit les pigeons, ce gamin sur sa trottinette. Ce monde n'est pas le sien. Lui, il est en train de s'enfoncer toujours plus profondément en enfer – un enfer dans lequel il doit payer pour une faute qu'il a commise, mais qui n'a laissé aucun souvenir. La sueur qui coule sur son front envahit ses yeux, qui se mettent à piquer. Alors qu'il les essuie du revers de sa manche, l'homme assis à côté de lui se retourne pour vérifier qu'ils ne sont pas suivis.

— C'est bon, confirme-t-il.

— On arrive sur zone dans dix minutes, annonce l'autre.

Dix minutes. Ensuite, comme la juge l'a prévenu, il sera relâché. Commencera alors une course sans fin durant laquelle lui, le gibier, devra tout faire pour échapper à la meute.

— Où m'emmenez-vous ?

— Un peu à l'extérieur de la ville. L'endroit a été choisi par un comité d'experts.

Cette précision lui tire un sourire amer.

— Des experts en boucherie ? ne peut-il retenir.

Personne ne relève, il n'insiste pas. À quoi bon ? Il lui reste moins de dix minutes pour établir un début de plan ou, au moins, lister ses premières actions. La lutte sera forcément déséquilibrée. Ses poursuivants ont dû consulter sa fiche et ils savent qui il est, ce qu'il a fait, à quoi il ressemble. Lui n'a pas accès à leur vie, à leur passé.

Diego évoque mentalement quelques prénoms. Ceux qui ont été ses amis et le sont peut-être encore. Diane ? Elliot ? Il n'en est pas certain. Qui accepterait de l'aider ? Il tire de sa poche son téléphone portable que l'administration pénitentiaire lui a rendu. Basique, mais suffisant. Il peut appeler, il dispose d'un GPS, d'une appli lampe torche. Remplit-il aussi le rôle de mouchard ? Inutile, il y a le bracelet électronique autour de sa cheville. Machinalement, il relève un peu son jean pour le toucher. L'agent le regarde sans faire de commentaires.

— Trois minutes, décompte le copilote.

Le cœur de Diego se met à cogner plus fort. Il imagine son pouls qui s'affole sur l'écran de ceux qui le surveillent à distance. L'idée qu'ils sachent tout de lui en temps réel le met mal à l'aise. Ils l'écoutent peut-être aussi ? Mais il se rassure en se remémorant les propos de la juge. Les informations ne sont diffusées au grand public qu'une fois par vingt-quatre heures. À dix-neuf heures précises !

Diego fourre le téléphone au plus profond de sa poche pour ne pas risquer de le perdre en courant, puis remonte la fermeture-Éclair de son blouson. Il serre ses poings, tambourine nerveusement sur ses cuisses. Quand le van ralentit, son cœur accélère encore.

— On y est. Prépare-toi à descendre.

Diego regarde autour, derrière, se penche de tous les côtés. Il n'y a personne. Quelques pavillons. Des champs. Un petit bois au loin. C'est là qu'il doit filer, le temps de reprendre son souffle et ses esprits.

Le cliquetis du clignotant annonce l'arrêt. Le véhicule s'immobilise.

— À toi de jouer, lui glisse l'homme assis à l'arrière alors que s'ouvre la portière électrique.

Un courant d'air tiède s'engouffre dans l'habitacle. Quand Diego jaillit, il croit sauter dans le vide.

Eagle421

Un fourgon banalisé vient de déposer le relâché

Diego Abrio à l'angle des routes 43 et 28.

Contact visuel sur place et confirmation

par une source judiciaire amie. Que le meilleur gagne !

12 : 01 ♥ : 173 : 34 : 4

Réponses :

***Helena pour Une Justice Équitable** @Eagle421*

Ne laissons pas la haine nous voler notre humanité.

Chaque individu doit payer sa faute en purgeant

sa peine dans des conditions normales.

Diego Abrio n'est pas une proie !

12 : 03

***Free_Free_Free** @Helena pour Une Justice Équitable*

Lâche-nous avec tes sermons.

Et si tu traînes dans les rues, tu subiras le même sort !

12 : 04

***Gun27** @Eagle421*

Celui-là, il est pour moi. Je vais me le faire !

Merci, Eagle421.

12 : 06

Dragon_13 *@Eagle421*

Un mec comme ça, avec ce qu'il a fait, il doit crever !

12 : 07

4

MARDI, 12H03

Courir, jusqu'au rideau d'arbres qui lui font face. Il n'est plus qu'un lapin apeuré. Il voudrait se fondre dans le paysage et disparaître à jamais. Il entend le van repartir. Sa vie ne tient plus qu'à un fil. À tout moment elle peut s'arrêter : dans une minute, une heure, un jour…

Diego vacille, manque trébucher. Sa respiration bruyante couvre les bruits de la nature. Il a l'impression que des milliers de paires d'yeux l'observent. Quand il atteint les premiers arbres, il a le sentiment de remporter une première victoire… totalement dérisoire, mais bienvenue tant il se sent vulnérable. Il s'enfonce dans le petit bois, écarte les branches avec les bras pour éviter qu'elles le flagellent. Une toile d'araignée vient se coller à son visage, il la retire en se frottant avec dégoût du plat de la main. Puis il ralentit, avise un fourré, une cache temporaire. Personne ne viendra le chercher ici. Sans attendre, il s'enfonce, s'assoit ensuite sur une branche basse. Son cœur menace d'exploser. Son souffle haletant lui brûle la gorge.

Il met plusieurs minutes pour recouvrer ses esprits, guette les moindres froissements de feuilles, le moindre craquement de brindille, sachant que si un lyncheur apparaît, il n'aura d'autre choix que de frapper le premier. Suffisamment fort pour neutraliser son agresseur, en espérant qu'il soit seul. Puis il devra courir. Fuir. Toujours.

Autour de lui, les oiseaux se sont remis à chanter. Diego fait le point. Il est en sursis : un sursis fragile, éphémère. Son unique certitude est qu'il ne s'en sortira pas tout seul. Ses parents ? C'est hors de question. Ses poursuivants doivent surveiller chacun de leurs faits et gestes. Et puis il a coupé les ponts… avec eux et tous les autres. Les rares qui lui ont écrit après le verdict n'ont pas reçu de réponse. Quant aux parloirs, il a toujours refusé de s'y rendre. Il ne voulait pas affronter leur pitié.

Il se penche en avant, prend sa tête entre ses mains, scrute le sol. Une colonne de fourmis s'active à terre. Certaines s'agitent sur un insecte mort. D'autres en emportent des morceaux vers leur fourmilière. Diego s'imagine démembré, après avoir été lynché à mort. La scène pourrait anéantir tous ses espoirs, elle ne fait que le conforter dans ses certitudes : les humains sont une espèce animale parmi les autres, pas plus… et lui aussi, compte tenu de ce qu'il a fait.

Il pourrait attendre ici qu'on vienne le chercher, une fois que le mouchard attaché à sa cheville aura transmis sa position, ou bien décider d'en finir en se pendant à une branche et priver ainsi les lyncheurs de leur euphorie. Mais ces deux options ne sont pas au programme.

Dans son portable, il fouille sa liste de contacts, refuse de s'appesantir sur chaque nom, qui sonne comme autant de reproches surgis du passé. Il sélectionne un premier numéro, tombe sur une boîte vocale et une voix beaucoup trop grave et virile pour correspondre à celle qu'il espérait entendre. Diane.

Il l'a rencontrée au lycée, lors des préparatifs d'une fête. Cette soirée devait marquer la fin d'un cycle avant l'entrée à l'université : la remise du diplôme, le début des vacances, la sensation d'accéder au monde des adultes, la promesse d'une liberté sans limites… c'était du moins ce qu'ils croyaient tous. Diane chantait dans un groupe. Elle dansait aussi, et rêvait d'en faire carrière. Un moment, il a cru être amoureux d'elle mais, très vite, il s'est rendu compte qu'il était simplement ébloui par son talent. Il ne s'est jamais rien passé entre eux ; ils sont devenus amis. Elle était sa confidente. Que serait sa vie aujourd'hui s'il était sorti avec elle ?

Son portable vibre. Le message qu'il découvre lui propose de télécharger l'application *Guilty*, qui permet de désigner les futurs relâchés et de suivre ceux qui l'ont été.

Sous le choc, Diego le lit et le relit.

— Enfoirés ! ne peut-il retenir.

Guilty. Un nom qui pourrait évoquer une série ou un jeu vidéo.

Malgré son dégoût, il obtempère car il a intérêt à savoir ce qui se dit sur lui. Après quelques secondes, l'application s'ouvre sur une page d'accueil. Un bref avertissement rappelle que ce programme n'est pas un jeu mais un moyen d'exercer son rôle de citoyen. Un filtre permet de vérifier l'âge de l'utilisateur. Ensuite, Diego plonge dans l'application. Une liste de noms est jetée en pâture aux internautes. *Désignez le prochain relâché*.

Il ouvre le menu qui offre la possibilité de suivre ceux qui ont été relâchés. Ils sont deux, en plus de lui… trois gibiers en liberté.

Outre le motif de sa condamnation et son indice de dangerosité à 3/10, sa propre fiche propose une photo. Son pouls, son Indice de Stabilité Émotionnelle (I.S.E.) et sa localisation sont vierges… jusqu'à dix-neuf heures. Cela lui laisse à peine six heures de répit. Ensuite, les chiens seront lâchés à ses trousses.

Il consulte les profils des deux autres relâchés. Le plus ancien est au-dehors depuis dix-huit jours. Il s'appelle Dennis, a vingt-quatre ans. Dangerosité : 10/10, prévient l'appli. Condamné pour le meurtre de deux membres des forces de l'ordre lors de sa cavale après un braquage. Un rapide coup d'œil à ses constantes vitales indique qu'il va bien : pouls à 60, Indice de Stabilité Émotionnelle de 8/10. Diego imagine un monstre froid et zappe sur le profil suivant. Ève, vingt ans, accusée de parricide. Elle a été relâchée il y a cinq jours seulement, et semble en sale état. Son I.S.E. est de 2/10.

Sous sa fiche, les commentaires fusent, plus virulents les uns que les autres.

Joe_the_king

Elle ne mérite même pas d'être née ! Faut la buter !

Hier **♥ : 723** **: 79** **: 184**

Insultes, insanités, appels au meurtre, et au viol… l'horreur de la violence anonyme.

Les doigts tremblants, Diego revient sur sa fiche, plonge dans les commentaires qu'il n'avait pas remarqués un peu plus tôt. Certains échanges lui font l'effet d'une bombe. Un certain Eagle421 a déjà dévoilé l'endroit exact de son relâchement. Une fille prend sa défense, et reçoit des insultes en retour.

Plus loin, un commentaire le glace : il a été liké par soixante-cinq personnes et partagé seize fois.

Gun_27

Suis en route.

12 : 16 **♥ : 65** **: 16** **: 1**

Dragon_13 *@Gun_27*

Moi aussi, Gun_27, j'arrive sur les lieux.

T'es un chasseur solitaire ?

Tu veux faire équipe avec moi ?

12 : 21

Diego voudrait attendre la réponse de *Gun_27*, mais il doit fuir. Il est 12 h 28.

Extraits de l'interrogatoire de Diego Abrio, lors de sa garde à vue

— Pour les nécessités de l'enquête, nous vous plaçons en garde à vue à compter de ce jour à 20 h 30, pour une durée de vingt-quatre heures. Cette garde à vue pourra éventuellement être prolongée d'un nouveau délai de vingt-quatre heures. Êtes-vous prêt à coopérer ?

— Oui.

— Souhaitez-vous que l'on prévienne quelqu'un de votre présence ici ? Vos parents ? Un avocat ?

— Non.

— Pouvez-vous décliner vos nom, prénom, date et lieu de naissance ?

— Diego Abrio, dix-neuf ans.

[...]

— Vous reconnaissez cette voiture sur la photo ?

— C'est la mienne.

— Est-ce bien vous qui étiez au volant au moment de l'accident ?

— Oui.

— Depuis quand êtes-vous titulaire de votre permis de conduire ?

— Deux mois.

— Pouvez-vous nous raconter les circonstances de l'accident ?

— Je ne me souviens de rien.

5

MARDI, 12H30

Diego avance en direction du point où il a été relâché. Il marche, les poings serrés, répète en boucle le nom de celui qui veut sa peau. Gun_27. Gun_27. Gun_27. Gun_27. Ce type a annoncé qu'il serait bientôt sur les lieux. Lui aussi y sera. Ses réflexes ont repris le dessus, des réflexes qu'il a dû adopter dès son arrivée à la prison, juste après sa condamnation. Il se souvient des lourdes portes, des couloirs, de la succession de grilles, du bruit des verrous, puis… des premiers détenus. Il s'attendait à croiser des regards apeurés ou égarés, ils étaient pleins de haine et de défiance. Ça avait confirmé ce qu'il pressentait. Cette communauté de sorts ne créait pas de fraternité entre les prisonniers, ni même de solidarité. La prison est rude, elle bouffe les plus faibles. Sans la moindre sommation. Ceux qui ne s'imposent pas aussitôt finissent larbins de tous les autres, voire des esclaves sexuels. Celui qui ne s'endurcit pas est mort, ou le sera bientôt.

Dès les premières minutes, il a dû apprendre à masquer ses faiblesses, à enfouir ses peurs au plus profond, à afficher un autre profil que le sien. Alors il a jeté des regards noirs à ses codétenus et il a serré les mâchoires pour durcir les traits de son visage. « Je suis fort. Je suis fort. Je suis fort. » Voilà ce qu'il se répétait à longueur de journée, avant d'aller aux douches, avant chaque entrée dans la cour de promenade, pour empêcher ses jambes et ses mains de trembler.

Diego marche d'un pas vif. Il ne sent pas les odeurs de mousse et de feuilles en décomposition du sous-bois. Il ne pense qu'aux mots guerriers de Gun_27, imagine un gars trapu, à la figure grossière ; une brute épaisse sans cerveau… une véritable caricature d'homme, au pouvoir de nuisance si dissuasif que nombre renoncent à leur fierté, leur liberté et même leur dignité pour le servir et éviter ses coups.

Gun_27. Gun_27. Gun_27. Gun_27.

Il regrette de ne pas avoir cliqué sur son nom dans les commentaires pour découvrir le profil de son adversaire. Mais il est trop tard. Il veut avoir une longueur d'avance, être là quand Gun_27 va arriver. Alors il presse le pas sans courir pour ne pas s'essouffler. Il a déjà tant à faire avec sa peur.

Par moments, le craquement d'une branche morte qui cède sous ses pieds le fait sursauter. Il n'en mène pas large. Les plans qu'il échafaude sont flous. Surprendre Gun_27. Se précipiter sur lui. Lui asséner des coups. Le mettre hors d'état de nuire, puis prendre une photo de son faciès en sang et la diffuser dans les commentaires pour calmer les ardeurs des autres. Mais une telle image risque d'exciter les plus téméraires, alors il y renonce.

Il jette un œil à l'écran de son téléphone. 12 h 33. Gun_27 ne va pas tarder. Il entend une portière claquer, et ce cri :

— Je sais que tu es par là ! On t'aura, espèce de salaud !

La voix de la femme est aussi tranchante qu'une lame qui s'enfonce sans ménagement dans ses chairs.

Diego s'immobilise. Il ne sait plus quoi faire. La prudence lui conseille de rebrousser chemin, mais il doit mettre un visage sur son ennemie. Alors il avance tout doucement, le buste courbé pour être plus discret.

Devant un 4x4 se tient une femme plutôt mince, élancée. Elle est de celles qui font peur aux hommes timides quand il s'agit de les aborder pour leur proposer d'aller boire un verre ou de se rendre à une soirée. Elle se tient droite, poings posés sur les hanches, dans une tenue de camouflage. Ses cheveux sont noués en queue-de-cheval. À la ceinture de son treillis, Diego aperçoit un étui, trop fin pour contenir une arme à feu, mais suffisamment long pour cacher une lame de belle taille. Il frémit. Elle est là pour le tuer.

— Diego Abrio ! Tu n'es qu'un meurtrier !

Qu'elle l'appelle par son nom le déroute, plus que la fermeté de ses injonctions, faites pour l'intimider. Cette nouvelle réalité le précipite dans une panique incontrôlable. Il n'est que sa proie, et il ne sera plus que ça, à jamais.

— Tes talents de basketteur ne te serviront à rien !

Elle éclate d'un rire sonore qui lui cisaille les jambes et le prive de ses ultimes forces.

Elle sait son nom, elle sait ce qu'il a fait, elle a même effectué des recherches sur lui. Que sait-elle d'autre, qui lui donnera forcément un avantage ? A-t-elle interrogé ses proches, ou fouillé ses réseaux sociaux qu'il n'a pas effacés quand il s'est retrouvé derrière les barreaux ? C'est une pro qui a bossé son dossier. Elle le connaît certainement très bien. Ainsi elle pourra anticiper ses réactions, prévoir ses mouvements. Il tente de se rappeler tout ce qu'il a pu balancer sur les réseaux sociaux, mais sa mémoire lui fait défaut. Il en a vraisemblablement trop dit, trop affiché. Non seulement il est une bête traquée, mais il se sent nu et vulnérable.

Diego l'observe faire un pas en direction de la lisière. Lorsqu'elle porte une paire de jumelles à ses yeux, il se jette au sol. Son cœur s'affole, tape si furieusement à ses tempes qu'il n'entend plus rien. Il cesse d'inspirer et d'expirer pour priver d'oxygène la subite angoisse qui l'étreint, et l'étouffer. Il a plissé violemment ses paupières pour évacuer l'image de la chasseuse.

Des larmes de panique envahissent ses yeux.

Quand son cœur ralentit enfin, il rouvre les paupières, se redresse légèrement pour observer la lisière. Deux autres voitures sont garées à côté du 4x4 de la fille, qu'il n'a pas entendues arriver.

Ils sont désormais quatre. Ils checkent en cognant leurs poings.

Quatre chasseurs.

6

MARDI, 12H41

Diego sait qu'il ne peut pas rester là, même caché. Les quatre chasseurs vont réaliser un ratissage complet, minutieux, de la zone, et finiront forcément par le découvrir. Il doit partir. Vite. Foncer, et trouver un abri ou une cache loin d'ici.

À aucun moment, dans les derniers jours et les dernières heures de sa détention, il n'a imaginé que la chasse à l'homme démarrerait si vite. Ses pensées ne sont plus que désordre, ses gestes maladroits et impulsifs. Il se redresse, avec une seule obsession en tête : courir furieusement.

Les branches lui cinglent le visage, les bras, les cuisses. Il n'a rien d'un fuyard, d'un combattant ou d'un survivaliste. Mourra-t-il avant la nuit ? Cette certitude s'impose à son esprit. Mais il ne veut pas que ce soit sous les coups du premier venu. Il veut lutter, se débattre, leur donner à tous du fil à retordre. Il refuse qu'on crache avec mépris sur son cadavre.

C'est peut-être de la fierté mal placée ? Il ne le sait pas ; il ne le sait plus. Et il s'en moque.

Il court d'abord droit devant, puis en zigzag entre les arbres. Il n'a pas pris le temps de regarder si les nouveaux chasseurs sont armés et s'ils ont des chiens. Peut-être la loi ne l'autorise-t-elle pas ? Mais que pèse une règle quand on octroie à un être humain le droit d'en tuer un autre ?

Alors il court, focalise son attention sur ce paysage devenu parcours d'obstacles. Entre les trous, les racines, les troncs morts, il manque tomber à chaque enjambée. Il se sent comme l'attaquant au basket qui se retrouve face au panier, sous les menaces de plusieurs défenseurs, n'ayant pas d'autre choix que de se mettre à courir pour espérer passer et, peut-être, marquer. Soudain la lumière devient plus vive et l'agresse presque. Il a quitté l'abri que lui offrait la végétation pour traverser une clairière. Il lève les yeux vers le ciel ; deux buses y tournoient lentement. Un rongeur va terminer dans les serres de l'une d'elles. Il voudrait prendre le temps d'attraper une pierre au sol, la lancer dans leur direction pour les éloigner et ainsi offrir un répit à leur proie, mais il n'a pas le temps. C'est lui la proie.

Au moindre faux pas, il risque la blessure. Et s'il se blesse, il est foutu. Aussi il ralentit un peu l'allure. Sur sa droite, il perçoit un bruit. Quelque chose ou quelqu'un. Des feuilles – ou des brindilles ? – craquent.

Ses poursuivants ne peuvent pas déjà l'avoir rattrapé ?! Ça doit être une bête… Diego se raccroche à cette idée et accélère sa course. Les rayons de soleil qui filtrent au travers du feuillage forment des stries dorées où dansent des nuées d'insectes.

Plus loin, il croise le tracé d'une route. Il franchit le fossé, court un moment sur le bitume pour avancer plus vite. Quand il perçoit au loin un bruit de moteur, il traverse la chaussée et gravit le talus pour s'enfoncer de nouveau dans le bois. Peu après, il se retrouve en lisière. Il peut entendre le vrombissement des voitures sur l'autoroute toute proche, ainsi que le bruit d'un chantier à proximité.

Diego stoppe. Il tente de se concentrer. S'il quitte la forêt, il sera à découvert et chaque automobiliste pourra le distinguer. Parmi eux, il y aura peut-être un de ces lyncheurs qui rêvent de lui faire la peau. La menace est partout, l'ennemi invisible. Il repense à cette fille qui a pris sa défense sur l'appli. Helena, croit-il se souvenir. Doit-il la contacter ? Il s'éparpille, il tergiverse. Il a un plan en tête, alors il faut qu'il s'y tienne. La panique ne doit pas lui faire oublier la mission qu'il s'est fixée.

Devant lui, une série de troncs empilés attendent d'être chargés sur un camion. Il se dissimule derrière le tas de bois. Il crève de soif. Il faudrait qu'il trouve un ruisseau, mais il n'y en a pas aux alentours.

Il compose le deuxième numéro de téléphone qu'il a en mémoire. Celui d'Elliot.

Quand son interlocuteur décroche, il ne lui laisse pas le temps d'en placer une.

— C'est Diego. Tu as dû entendre qu'on vient de me relâcher. J'ai besoin de ton aide. Je te demande pas grand-chose… une nuit, pas plus. Demain, je partirai.

À l'autre bout de la ligne, c'est le silence. Une respiration à peine perceptible. Diego craint un instant qu'Elliot raccroche. Il n'en fait rien. Il en profite et s'engouffre dans cette brèche.

— Je sais, je suis inexcusable et, à ta place, je penserais pareil. On m'a condamné pour ça. Je n'ai pas fait appel du verdict car la sanction était méritée. Je suis coupable de tout ce qui est arrivé. Mais là, il s'agit d'autre chose. Si tu ne m'aides pas, ils vont me tuer !

Sa voix est montée dans les aigus.

Elliot se racle la gorge. Il sent tout le poids de son hésitation.

— S'il te plaît, supplie-t-il. J'ai besoin que tu viennes me chercher.

Il est en train de lui forcer la main. Si Elliot cède, c'est parce qu'il n'aura pas osé lui dire non. Il s'en fout. Il n'a pas le choix.

— Okay, dit l'autre dans ce qui ressemble à un murmure.

— Merci, Elliot. Merci.

— Tu veux que je fasse quoi ?

Diego tourne tous les scénarios dans sa tête. Le bracelet électronique transmettra sa position à dix-neuf heures précises. A-t-il intérêt à être localisé en un point à la fois éloigné d'ici et de chez Elliot ? Ou bien dans ce bois, pour laisser croire à ses poursuivants qu'il y est démuni, isolé, incapable de fuir, et qu'ils n'ont qu'à ratisser l'endroit pour le débusquer ? Cela lui laissera vingt-quatre heures pour se retourner, avant la deuxième transmission de sa localisation. Cette seconde option lui semble la meilleure. Il imagine déjà la battue menée par tous ces assoiffés de sang qui rêvent de se défouler ou qui voient dans sa mort prochaine le seul moyen de venger des innocents.

— Je vais t'envoyer les coordonnées GPS. Viens m'y récupérer à dix-neuf heures précises. Merci, t'es un vrai pote.

Une fois qu'il a raccroché, Diego se demande si Elliot viendra. Il se rappelle un gars droit et honnête. Mais il a pu changer… Le doute subsistera jusqu'à son arrivée.

Diego ABRIO

Homicide volontaire

22 ans

Dangerosité : 3/10

Pouls : XXX

Données non disponibles

Indice de Stabilité

Émotionnelle : X/10

Données non disponibles

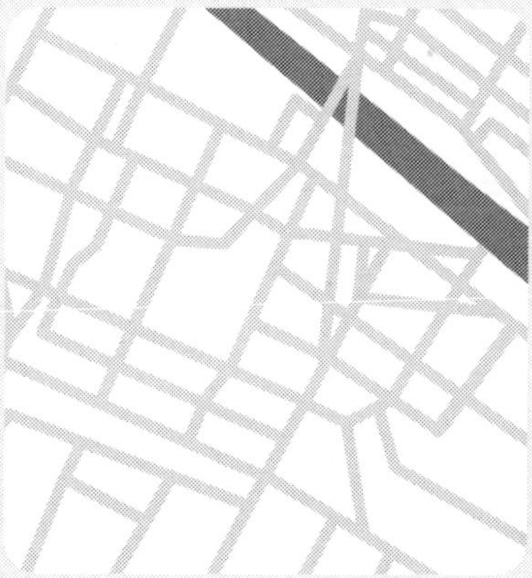

Prochaine localisation dans 1 h 07 mn 12 s

7

MARDI, 17H53

Il est resté accroupi, terré, sans bouger, entre les billes de bois. Ses muscles ankylosés lui font mal. Il a observé durant des heures les insectes, a aperçu une biche s'aventurer un peu plus loin avant de bondir précipitamment dans le bois. Il espère que le chantier de la scierie cessera son activité à dix-huit heures et que les ouvriers, épuisés par leur journée de travail, quitteront rapidement les lieux. Pour le moment, il lui faut rester caché, ne faire aucun bruit.

Il envoie un message à Elliot avec les coordonnées GPS de l'endroit et lui rappelle la consigne.

19 heures précises. C'est important.

Il espère que la transmission de ses données vitales et de sa localisation aura bien lieu à l'heure prévue et que ce foutu mouchard, agrippé à sa cheville, ne devancera pas l'échéance. Sa stratégie repose sur ce principe ; tout changement la mettrait à mal. Il n'a d'autre solution qu'attendre et faire confiance à cette technologie diabolique, qui peut le sauver si son plan fonctionne, ou le condamner à mort.

Pour tromper le temps, et comme le niveau de sa batterie le lui permet, il consulte à intervalles réguliers son téléphone tout en évitant de lire les commentaires sous son profil. Le déferlement de haine rongerait sa détermination.

Il parcourt les profils de ceux dont le sort repose maintenant entre les mains des internautes. Ils sont six qui, bientôt peut-être, seront relâchés. Un bouton lui propose de voter… une simple pression du doigt pour exprimer son choix et pousser l'un d'eux vers la sortie !

Un nom attire son attention. Marc Bardys. Il porte le prénom de son père. Il s'attarde sur son cas : vingt ans. « Condamné pour atteinte à personne vulnérable. » Qu'est-ce que ça veut dire ? Vulnérable. Une personne âgée ? Un enfant ? Lui aussi est une personne vulnérable, terriblement vulnérable, même. Et ceux qui le tueront ne seront jamais condamnés. Coupables, eux aussi. Mais aucune poursuite ne pourra être engagée contre eux. Toutes les vies n'ont donc pas le même prix. Tous les crimes n'engendrent pas les mêmes sanctions. Oui, lui est coupable, mais ce système de purge des prisons par les relâchements le dégoûte. Il a envie de hurler, se retient de justesse. Pour se soulager, il frappe un tronc avec le pied jusqu'à se faire mal. Cela ne suffit pas à apaiser sa rage.

Sous le profil qu'il observait, le compteur annonce 1 223 647 votes. Soudain, un commentaire apparaît :

Patty

Iris était ma petite sœur chérie. Elle avait 12 ans et était en fauteuil roulant. Elle est morte à cause de ce type qui voulait lui voler son portable.

S'il vous plaît. Aidez-moi. Votez pour lui.

17 : 59 ♥ : 0 : 0 : 0

Un flot d'émotions s'empare de Diego. Face à l'histoire d'Iris, il s'en veut de s'être comparé à une personne vulnérable. Il voudrait compatir, mais ce message de sa sœur le dérange. Il le comprend aussi. Puis il pense à Alex, le frère de Mona. A-t-il également lancé un appel sur les réseaux sociaux pour faire accélérer sa libération ? Le sang de Diego bouillonne dans ses veines. Un chapelet de grenades semble exploser dans sa tête. Alex a peut-être…

Pour éviter de se laisser submerger, il fixe son attention sur un éclat de verre un peu plus loin sur le sol, qui brille dans le soleil. Il voudrait y voir un clin d'œil rassurant pour lui confirmer qu'il y aura un jour d'après à tout ça. Mais il est incapable de rêver. La prison a avalé tous ses espoirs. Pas une seule nuit il n'a rêvé. Dès qu'il fermait les yeux, c'était pour revivre ces longues secondes où la voiture, comme suspendue dans les airs, enchaînait les tonneaux avant le fracas final.

Soudain, une sirène retentit sur le chantier voisin, qui marque la fin de la journée de travail. Il est dix-huit heures précises. La charge qui pesait sur ses poumons s'évanouit, une sorte de fébrilité le saisit. Il va devoir agir. Et ne pas se tromper.

Diego éteint son portable, observe les ouvriers quitter un à un les lieux. Scooters. Voitures qui démarrent en trombe. Il imagine les corps harassés, l'envie de rentrer et de prendre un peu de bon temps et de repos. Deux hommes s'attardent et discutent sur le parking. Il les maudit, espère qu'une fois leur cigarette terminée ils s'en iront. Mais ils en allument une deuxième, puis une troisième. S'il quitte sa cache maintenant, il court le risque d'être reconnu, peut-être dénoncé voire poursuivi. Son portrait a été largement diffusé. Comment connaître à l'avance la réaction des gens ? Il n'a d'autre solution que d'attendre. Il passe en revue chaque étape de son plan, les vit cent fois mentalement pour être parfaitement efficace – au moins l'espère-t-il –, le moment venu.

Enfin, à 18 h 45, les deux hommes se serrent la main, montent chacun dans leur voiture et s'en vont en klaxonnant un coup pour un dernier au revoir. Diego quitte sa cache. Il observe un moment les alentours, scrute avec attention chaque centimètre de la lisière du bois pour s'assurer que personne ne risque de surgir.

La suite ? Elle correspond en tout point à ce qu'il a en tête. Ses actions sont une succession de gestes, presque mécaniques.

Il retire son tee-shirt et s'en sert pour frotter les abords de sa cache. Il retourne jusqu'au bois, en profite pour ramasser le morceau de verre. Là, il plaque son tee-shirt sur plusieurs troncs d'arbres, aussi haut qu'il le peut pour affoler les chiens qui accompagneront les lyncheurs dans leur traque. Il marque le sol de ses empreintes, se roule à terre en veillant à aplatir les herbes et les fougères. Ses poursuivants doivent croire qu'il a chuté en tentant de grimper dans un arbre. Il attrape ensuite le morceau de verre, prend une profonde inspiration, bloque l'air dans ses poumons en serrant ses mâchoires. Il appuie le bord le plus effilé sur son poignet puis, d'un mouvement vif, tranche sa peau. Le sang met quelques secondes à jaillir. Il le regarde goutter lentement sur le sol, vise les endroits pierreux.

18 h 51.

La trace qu'il laisse est insuffisante. Aussi, il se taille de nouveau le poignet, étouffe cette fois un cri tant la douleur est puissante. Il veut leur faire croire qu'il s'est méchamment blessé. Il court cnsuite jusqu'aux barricades du chantier. Là, il passe ses mains sur sa plaie pour les barbouiller de sang, puis grimpe jusqu'au sommet avant de redescendre. Ils doivent en déduire qu'il s'est réfugié à l'intérieur de la scierie et qu'il s'y terre.

18 h 58.

Il examine sa cheville. Le mouchard électronique va bientôt se déclencher. Il rallume son téléphone, se connecte à son profil sur l'application *Guilty* et se plonge dans la lecture des commentaires. Il n'est pas seulement question d'insultes et de reproches. Des internautes plaisantent, font des paris sur le temps qui sera nécessaire pour l'anéantir. L'un d'eux ne lui accorde pas vingt-quatre heures. Un autre s'engage à lui offrir deux bières si sa prédiction se réalise. Diego a l'impression de se retrouver au centre d'un jeu macabre indécent, une simple distraction qui nie complètement sa condition d'être humain. C'est loin d'être gagné. Cette violence est pire encore que l'esprit de vengeance qui anime certains de ses poursuivants. Il se sent défaillir, a l'impression que chacune de ses cellules est en train d'exploser ou de simplement s'éteindre. Il ne sait plus. Le déferlement de haine et d'indifférence est trop violent. Il ne peut se retenir de vomir. Sur l'application *Guilty*, on doit à présent voir son pouls s'emballer et son I.S.E. plonger. C'est ce qu'il voulait. Les internautes qui suivent sa fuite doivent à présent réagir. Peut-être certains sont-ils déçus que leur proie soit si fragile et la partie de chasse trop facile. Elle le sera sans doute. Mais il se battra jusqu'au bout.

19 h 00.

Nauséeux, Diego scrute alternativement son écran et le chemin gravillonné qui relie la route au chantier.

Les deux nouvelles qu'il attend arrivent en même temps. Son profil annonce un pouls à 143 et un I.S.E. à 1/10.

Par un SMS, Elliot le prévient qu'il arrive dans une minute.

Des larmes de soulagement se mettent aussitôt à couler sur les joues de Diego.

Vous écoutez Radio Fréquence Plus, la radio qui vous fait vivre l'information comme si vous y étiez.

Pour commenter les premières données émises par le bracelet électronique du relâché Diego Abrio, nous recevons ce soir le docteur Richard.

Comme vous le savez tous, le condamné Abrio a été libéré aujourd'hui à douze heures précises. Depuis, personne ne sait ce qu'il est devenu. Docteur Richard, bonsoir.

— Bonsoir.

Docteur, vous avez pu comme nous découvrir les premières données. Un pouls à 143 et un I.S.E. à 1/10. Quels commentaires ces résultats vous inspirent-ils? Quels enseignements peut-on raisonnablement en tirer?

— Ce qui m'interpelle, au-delà de ces chiffres qui montrent un état de très grande fébrilité doublé d'un profond abattement, c'est la localisation de l'individu. À seulement quelques centaines de mètres du point où il a été relâché. Une course effrénée sur des dizaines de kilomètres pourrait expliquer cet emballement du cœur et cet état de grande faiblesse que trahit un

I.S.E. si bas. Mais là, l'individu ne s'est quasiment pas déplacé. Je l'imagine mal ayant couru en rond pendant des heures.

RIRES.

Docteur, que concluez-vous?

— Sans doute est-il blessé, alors je ne donne pas cher de ses chances de survie. Car dans son état, comment avoir la lucidité de se nourrir ou tout simplement de se ménager des moments de repos pour reconstituer ses forces? À mon avis, il n'est plus en capacité de satisfaire ses besoins vitaux.

8

MARDI, 21H15

— Tu veux une bière ?

La douceur du ton surprend Diego. Depuis combien de temps on ne s'est pas adressé à lui de la sorte ? Il regarde Lya, croit un instant qu'il va se réveiller, renvoyant à l'état de rêve ces paroles si bienveillantes qu'elles lui paraissent magiques.

Comme il ne répond pas, Lya, mains sur les hanches, fronce les sourcils.

— Tu veux une bière ? renouvelle-t-elle lentement, comme si elle parlait à un étranger.

Diego hoche la tête. Oui, il veut bien une bière. Il la regarde s'éloigner en direction de la cuisine. Elle est vêtue d'un débardeur, d'un short léger, et marche pieds nus. Ce détail l'a frappé dès qu'il est arrivé ici avec Elliot, un peu plus tôt. L'image d'un bonheur paisible et d'une forme d'insouciance qui lui sont totalement étrangers.

Quand Elliot a embrassé Lya sur la bouche, il a eu envie de pleurer et a dû détourner la tête pour masquer son trouble.

Lya a soigné sa plaie. Elle est infirmière dans une maison de retraite.

— Ça va me changer des vieux, a-t-elle lâché en le gratifiant d'un sourire.

Puis il a branché son portable, pris une douche, s'est rhabillé avec des vêtements d'Elliot, le temps que le lave-linge qui tourne déjà lui rende les siens.

De la cuisine lui parviennent des murmures qu'il ne cherche pas à décrypter ; des mots pour se rassurer, ou pour échanger des premières impressions à son sujet. Diego s'en moque. Il tente de mettre en ordre toutes les pensées et les émotions qui le traversent.

Lya revient avec trois bières. Derrière, Elliot la suit avec un bol contenant des chips.

— C'est à elle que tu dois d'être là, explique-t-il en passant une main dans sa barbe noire alors que les traits de son visage se sont durcis.

— Mon père était juge, explique-t-elle, avant la promulgation de cette putain de loi sur le relâchement. Heureusement, il est décédé d'une crise cardiaque avant d'avoir assisté à tout ça.

Diego brûle d'envie de demander à Elliot son opinion, mais il ne se sent pas armé pour faire face à un élan brutal de franchise.

— Je m'en irai avant la prochaine transmission, annonce-t-il en désignant son bracelet électronique.

— Tu comptes faire quoi ? demande Elliot en s'asseyant. Tu es en danger de mort, mec.

Mec. Cela lui rappelle la façon de parler de Karl, son compagnon de cellule. C'est idiot mais là, à cet instant, Karl lui manque. Une nouvelle vague d'émotions le submerge. Il saisit sa bière, porte le goulot à sa bouche et avale une grande gorgée, suivie d'une seconde.

— Éviter que l'on m'attrape et que l'on me roue de coups jusqu'à ce que mon cœur s'arrête dans une dernière convulsion, éviter que ma bouche et mon nez pissent le sang. C'est pourtant ce que je mérite, non ?

Elliot soupire en secouant la tête.

— Arrête tes conneries.

— Ce ne sont pas des conneries. Quoi que je dise ou fasse, je serai toujours coupable aux yeux des gens. Et je sais que rien, jamais, ne pourra changer leurs regards.

Lya tend une main vers lui, la pose sur son avant-bras. Le contact de sa peau le fait frissonner. Il sent une sorte de décharge électrique, que son épiderme amplifie et propage dans tout son corps. La carapace qu'il s'est façonnée au cours de ses années en prison se fissure. Pour reprendre contenance, il boit une nouvelle gorgée de bière. Avec la fatigue et l'abstinence forcée due à la prison, il sent une légère ivresse l'envahir. Il la trouve plutôt confortable, comme un cocon douillet qui l'envelopperait, l'éloignerait de la rudesse de la traque et le libérerait de tous ces carcans qui l'oppressent.

S'il s'écoutait, il se lèverait et prendrait Lya dans ses bras, sans la moindre ambiguïté. Simplement sentir son cœur battre contre sa poitrine, la chaleur de sa peau, sa respiration au creux de son oreille, glisser le nez dans son cou avant de s'abandonner complètement. La prison a nourri le manque. Là-bas, la tendresse n'a pas sa place. Cette absence, tout au long de ses années d'incarcération, a été plus pénible que la privation de liberté. Chacun y joue les durs, et le premier qui évoque son besoin de tendresse est couvert de honte. Alors les détenus ne parlent plus que de sexe. Froid. Brutal – même si chacun rêve de serrer quelqu'un dans ses bras.

Gêné, il repose sa bière et la repousse vers le centre de la table.

— Tu n'en veux plus ? demande-t-elle.

— Non. Merci. Je n'ai plus l'habitude.

Il jette un œil à Elliot, qui baisse aussitôt la tête. Diego sait parfaitement ce qu'il pense. Elliot était le confident de Mona. Il venait arrondir les angles, après les disputes. Même s'il est devenu son ami, il est avant tout demeuré celui de Mona. Chaque fois que Diego croise son regard, il y lit une confirmation de sa condamnation.

Diego se mordille l'intérieur de la joue. Hésite.

— Mona me manque, lâche-t-il.

Le silence s'installe dans la pièce ; il le laisse durer. Il n'a pas la force de poursuivre. Ni Elliot ni Lya ne le relancent à ce sujet.

— Il y a une chose dont on voudrait te parler, annonce Lya alors qu'Elliot garde les yeux rivés au sol.

Diego la fixe avec effort. Il se sent épuisé.

Lya s'éclaircit la gorge.

— J'ai une amie qui pourrait t'aider.

Il se redresse, méfiant.

— Si tu restes dehors, ils finiront par t'avoir. Tu n'es pas taillé pour une longue cavale.

Sa phrase n'a rien d'un reproche, elle relève plutôt du constat, que lui-même a fait plus tôt.

— J'ai une amie qui est membre des Partisans d'une Justice Équitable, reprend-elle. Elle s'appelle Helena. Elle peut venir ici te rencontrer. Il suffit que je lui passe un coup de fil.

Diego ne s'attendait pas à ce genre de proposition. Il ne s'attendait pas à grand-chose d'ailleurs.

— On ne peut plus rien pour moi.

Il ne cherche pas à surjouer le désespoir. Il a simplement appris à ne compter que sur lui-même. Et puis il a un autre plan en tête.

— Que risques-tu de la rencontrer ? Une fois que vous aurez discuté, tu prendras ta décision, et on la respectera.

Le ton de Lya n'est pas appuyé ou lourd. Son expression est douce, plutôt bienveillante. Alors, pourquoi pas ? se dit-il.

Il s'apprête à lui donner son accord quand son téléphone se met à vibrer. Il l'attrape dans sa poche. L'alerte provient de l'application *Guilty*. Dès qu'il clique pour l'ouvrir, une fenêtre apparaît, qui le cloue sur place.

Ève ALCID

Parricide

20 ans

Justice a été rendue ce jour à 21 h 45

Extrait du rapport de l'agent Tim Bermen :

Ce jour à 21 h 10, nous avons été contactés par des riverains du quartier de la gare pour signaler un attroupement et des cris. Accompagné par l'agent Laura Chaz, je me suis aussitôt rendu sur les lieux.

Un groupe d'une dizaine de personnes s'est dispersé à notre approche. Quatre étaient encore là. L'annexe 1 détaille l'identité de chacune.

Une femme était allongée sur le trottoir. Elle baignait dans une mare de sang. Son état laissait peu de doutes quant à son pronostic vital. Nous avons procédé aux constatations d'usage et conclu qu'elle était décédée.

La présence du bracelet électronique à sa cheville nous a permis de l'identifier. Il s'agissait d'Ève ALCID, qui avait fait l'objet d'une procédure de relâchement cinq jours plus tôt.

Le médecin légiste, qui nous a rejoints quelques minutes plus tard, a confirmé le décès.

Devant le nombre important de plaies sur le corps de la victime, notamment au niveau de la cheville - un individu aurait tenté de retirer le bracelet électronique afin de l'emporter comme trophée (ce que confirme un des témoins restés sur place) -, le médecin légiste, dans le cadre de l'article 3 de la loi sur le relâchement, a émis un avis favorable à l'ouverture d'une enquête pour violences et tortures inutiles.

Nos constatations nous conduisent à émettre un avis similaire.

9

MERCREDI, 8H55

La nuit de Diego n'a été qu'une succession de cauchemars durant lesquels il a assisté au spectacle de son corps démembré, chahuté par une foule compacte, qui alternait les huées et les cris de joie. Plusieurs fois il s'est réveillé en sueur, la tête enfouie sous ses bras repliés. Il a lutté pour ne pas se rendormir, mais la fatigue a eu le dessus.

Ce matin, il n'a rien dit à Lya et Elliot qui le questionnaient sur sa nuit.

Il termine son bol de café quand Lya s'approche de lui pour lui montrer le message qu'elle vient de recevoir de son amie membre des P.J.E., les Partisans d'une Justice Équitable.

> Il a pris la bonne décision.
>
> Les instructions pour le rendez-vous suivront.

Diego hausse les épaules, secoue mollement la tête.

— Je n'ai pas dit que j'acceptais, lâche-t-il.

— Pourtant, ce serait le mieux, commente Elliot en faisant tourner sa tasse dans ses mains.

— Je veux rencontrer les parents de Mona.

— Je ne crois pas que ce soit une bonne idée.

Lya les regarde alternativement sans intervenir, sans doute parce que cette partie de l'histoire ne la concerne pas. Elle ne connaissait pas Elliot au moment de l'accident.

— Qu'est-ce que tu en sais ?

— La mère de Mona ne s'est jamais remise de la mort de sa fille. Elle est suivie par un psy, elle a fait plusieurs séjours dans une clinique psychiatrique.

Diego sent une boule de chaleur envahir sa gorge et l'étouffer violemment.

— Qu'est-ce que tu pourrais lui dire ? poursuit Elliot.

Diego balaye sa question d'un revers de la main. Il n'a aucune envie de se justifier, ni d'expliquer sa démarche. S'il veut voir les parents de Mona, c'est qu'il en a besoin, qu'il doit leur dire qu'il est désolé, qu'il ne se pardonnera jamais ce qui est arrivé, qu'il donnerait tout pour que l'accident ne se soit pas produit. Et s'il obtient leur pardon, peut-être que cela parviendra à calmer la haine des lyncheurs. Il n'est pas fier de ce dernier argument, mais il n'a pas le choix s'il veut sauver sa peau.

— Tu vas rouvrir leurs plaies. C'est tout ce que tu vas réussir à faire. Ils ont besoin de tranquillité. Rien d'autre !

— Si je n'y vais pas, j'aurai l'impression de passer pour un lâche. Et qui te dit qu'ils n'attendent pas des excuses ?

Elliot lâche un profond soupir, puis penche la tasse au-dessus de sa bouche pour faire couler la dernière goutte de café.

Il manque tant d'images dans la mémoire de Diego. Il se souvient de la voiture quittant le sol, du fracas de l'impact et de celui des vitres qui volent en éclats, du crissement sans fin de la tôle contre le goudron de la route jusqu'à ce que la voiture s'immobilise enfin. Le film reprend plus tard, alors que des ombres s'affairent autour de la voiture retournée sur le toit tandis que ses appels à l'aide ne parvenaient pas à franchir sa gorge.

Il se rappelle avoir demandé au médecin de l'ambulance où était Mona, comment elle allait. Ce dernier lui répondait en le sommant de ne pas bouger, mais son regard qui se détournait du sien était éloquent. Puis Diego s'était tu ; il avait gardé ses questions pour lui. Tant qu'aucune réponse ne venait confirmer ses craintes, un minuscule espoir subsistait. Dérisoire espoir...

Il n'avait su que le lendemain que Mona était morte sur le coup. Il avait eu l'impression d'être aspergé d'acide. La suite ne lui appartenait plus. Il ne sait même pas où elle a été enterrée.

Il l'aimait. Profondément. Pourtant, il n'a pas agi comme il aurait fallu.

— Helena vient de m'envoyer un message. On doit y aller.

— Où ?

— Elle nous attend dans un parking souterrain voisin. Elle pense que c'est préférable... plus discret.

Cinq minutes plus tard, Diego monte à l'arrière de la voiture de Lya et Elliot et se dissimule entre les banquettes sous une couverture, comme hier, quand il a quitté le Palais de Justice avec les flics. Il n'a pas sa place dans cette société, et il devra vivre caché le restant de son existence. Il repense aux propos d'Elliot, et au mal qu'il pourrait faire aux parents de Mona en allant les voir.

La voiture qui l'emmène sent le tabac froid. Concentré sur cette odeur, il perçoit aussi celle d'un chien.

— On y est, annonce Lya. Helena t'attend dans la voiture juste à côté, à gauche. Tu peux sortir, il n'y a personne.

Diego s'exécute sans un mot, ouvre la portière, sort, ouvre celle de la voiture d'à côté et entre.

— Salut.

Helena l'accueille avec un sourire. L'obscurité ne permet pas à Diego de détailler ses traits. Elle a une allure plutôt fine, des dents parfaitement blanches et alignées. Alors qu'elle se tourne pour le regarder bien en face, il remarque son nez, légèrement en trompette.

— Tu connais les Partisans pour une Justice Équitable ?

Devant la voiture il y a un mur, sur lequel est peint en blanc le numéro de leur emplacement. 12.

— Plus ou moins.

— Cette association lutte pour faire abroger la loi sur le relâchement. En d'autres temps, on aurait lutté pour l'abolition de la peine de mort. Il te restait combien de temps à purger quand on t'a relâché ?

Elle s'est tournée vers lui et le fixe. D'un mouvement de menton, il indique le mur face à eux.

— Douze ans, c'est ça ? Heureusement qu'on ne s'est pas fixé un rendez-vous à l'étage en-dessous !

Diego plisse les yeux pour l'interroger du regard.

— La numérotation des places y débute à 50. Mais tu comptes faire quoi, maintenant que tu es dehors ?

Cette fille est directe. Diego ne sait pas encore si cela lui plaît ou l'énerve. Il fixe la mascotte qui pend au rétroviseur, une figurine de deux ou trois centimètres de haut, qui représente une chauve-souris aux ailes déployées.

Comme il ne répond pas, elle poursuit :

— Les commentaires étaient tellement violents sous ton profil *Guilty* que les administrateurs du site ont été obligés de les suspendre, le temps que ça se calme.

— Je ne suis pas un meurtrier ! se défend Diego. C'était un accident. Un terrible accident, oui, mais seulement un accident.

— Tu avais bu. Tu avais fumé de l'herbe. Ça fait de toi un responsable et un salaud.

— Je ne voulais pas la tuer. C'est un accident, je te dis !

Diego n'a pas voulu crier, mais la vague d'émotions qui vient de le submerger a été la plus forte.

— Tu es responsable, insiste Helena. Tu es coupable de ce qui est arrivé, et cela fait de toi une cible pour tous ceux qui pensent qu'on peut éloigner le mal en supprimant les fauteurs de troubles, avec l'illusion que cela va résoudre le problème.

Oui, il est responsable. Oui, il est coupable.

— Tu cristallises des haines puissantes, féroces. À travers ton cas s'expriment toutes les craintes des parents et des grands-parents de voir leurs enfants ou petits-enfants croiser le chemin d'un individu dans ton genre, qui entraînerait leur progéniture sur le mauvais chemin, ou qui la mettrait en danger en provoquant un accident.

Chaque mot lacère ses chairs comme la lame effilée d'un couteau. Il serre les poings.

— Je ne suis pas là pour que tu me fasses la leçon.

Helena se raidit, le fixe.

— Je ne te fais pas la leçon. Je t'explique ce qu'il se passe, c'est tout. Je hais cette loi sur le relâchement.

Elle flatte les plus bas instincts de la population. On se croirait revenus au temps des Romains avec les jeux du cirque. Tu dois prendre conscience que tu n'es plus un nom parmi d'autres, ni un simple dossier dans les archives d'un Palais de Justice. À l'instant où tu as été relâché, tu es devenu un symbole ! Comme tous ceux qui ont été relâchés avant toi.

Le silence s'installe dans l'habitacle. Diego repense à cette fille, Ève, qui s'est fait lyncher la veille. Coupable, comme lui. Devenue un symbole contre son gré, comme lui. Il l'envie presque d'être libérée de ce cauchemar.

Helena sort un paquet de chewing-gums de sa poche, le lui tend. Diego en attrape un. Le puissant goût de la menthe ne suffit pas à l'aider à reprendre pied.

— Tout ça me dépasse, lâche-t-il dans un souffle alors que l'accablement succède à la colère. Je n'ai jamais demandé à devenir un symbole. Pourquoi tu t'intéresses à moi ?

— Les Partisans d'une Justice Équitable croient en une autre justice. Un condamné doit pouvoir payer sa dette à la société en purgeant sa peine – pas plus. Nous te proposons de purger la tienne dans une de nos prisons. Nous en avons plusieurs, clandestines bien sûr, puisqu'elles n'ont aucune existence légale. Tu seras traité comme un détenu. Nous croyons que l'enfermement ne doit pas être une simple punition, mais aussi permettre de préparer l'avenir. Il y a une place pour toi dans une de nos prisons, si tu le souhaites. Tu y seras en sécurité et tu pourras préparer ta réinsertion sous un nom d'emprunt.

Les pensées de Diego crépitent telles des étincelles qui jaillissent d'un brasier ardent. Celui qui brûle son existence.

— Je dois aller voir les parents de Mona.

Il répète cette phrase comme un mantra. Il n'y a plus que cela qui tienne. Il entrouvre sa vitre, crache son chewing-gum. Helena inspire puis expire, visiblement déçue par sa réponse.

— Chaque pas au-dehors te sera peut-être fatal. L'étau de tes poursuivants va se resserrer. Tu ne leur échapperas pas bien longtemps.

— Je le sais. Et j'assume.

Rapport d'Helena à ses supérieurs

Conformément à la mission qui m'a été confiée, j'ai rencontré ce matin le relâché Diego Abrio.

Je lui ai présenté le programme des P.J.E. et lui ai proposé d'intégrer un de nos centres de détention clandestins.

Le relâché Diego Abrio n'a posé aucune question sur le fonctionnement de notre mouvement.

Il n'a pas pris conscience de ce qu'il représente désormais aux yeux de l'opinion publique. Il ne semble pas non plus avoir pris la mesure du danger qu'il court à l'extérieur. La fuite a tendance à exacerber les haines.

Il m'a paru très anxieux, fatigué nerveusement, incapable de placer sa confiance en qui que ce soit. Sans doute est-ce trop tôt.

Il a refusé l'offre que je lui faisais, au motif qu'il souhaitait entrer en contact avec la famille de sa victime.

En conclusion, je l'ai trouvé fragile, mais sincère dans sa démarche vis-à-vis des parents de Mona.

Je propose que nous nous tenions prêts pour une exfiltration, même contre son gré, dès qu'il aura pris contact avec eux.

10

MERCREDI, 18H30

À mesure que le temps s'écoule, la pression augmente. Diego ignore la foule qui se presse à l'entrée de la bouche de métro, il regarde l'heure sur son téléphone, vérifie le niveau de sa batterie. Il a en ligne de mire l'échéance de 19 heures, l'instant précis où le mouchard caftera sur sa position et son état physique. S'il s'y prend comme il le faut, il déroutera une nouvelle fois ses poursuivants et obtiendra vingt-quatre heures de répit, un peu comme s'il gagnait une vie dans un jeu vidéo. À l'inverse, ce sera GAME OVER !

Peut-être aurait-il dû filer le plus loin possible d'ici, comme il l'a envisagé un moment en début d'après-midi, avant d'opter pour ce plan qui le plonge maintenant dans le doute.

Autour, les passants pressés ne font pas attention à lui. Il s'est assis sur un banc et compte sur ses lunettes de soleil, la casquette et la paire d'écouteurs prêtés par Elliot pour dissimuler son visage et lui donner l'air d'un type lambda. Il garde la tête baissée, la secoue sur un rythme imaginaire pour laisser croire qu'il écoute de la musique. Mais son casque audio est muet. Il reste aux aguets.

18 h 35.

Il est arrivé trop tôt mais, s'il repart, il court le risque de ne pas être au bon endroit à l'heure fatidique.

Pour tromper le temps, il se rend sur son profil. Il éprouve la même avidité obsessionnelle que les fois précédentes. Ce truc l'attire comme un aimant, comme si la vie tout entière se jouait sur cette interface. Les commentaires ne sont toujours pas réactivés. Ce constat le rend morose. S'il veut pouvoir se défendre, il doit suivre ce qui se trame. Il aurait voulu lire les commentaires le concernant pour découvrir où en sont ses poursuivants, comment ils ont analysé les données transmises la veille par son bracelet électronique, savoir s'ils ont cru à sa mise en scène.

Il cherche le profil d'Ève pour lire les commentaires qui ont précédé son lynchage, en vain. Il a disparu. Il n'y a plus aucune trace d'elle sur l'application *Guilty*. Tuée, et maintenant effacée !

Ensuite, Diego s'attarde sur la page présentant les « candidats » au relâchement.

À présent, le compteur de Marc Bardys devance nettement ceux des deux autres candidats. Il s'établit à 1 857 275. Diego imagine le détenu dans sa cellule, son stress qui grimpe à mesure que l'échéance se profile, la certitude qui s'installe de devenir le prochain relâché. Un long frisson lui parcourt le dos.

Il n'a aucun mal à retrouver le message de la sœur de la victime de Marc Bardys parmi les commentaires.

Patty

Iris était ma sœur. Elle avait 12 ans et était en fauteuil roulant. Elle est morte à cause de ce type qui voulait lui voler son portable.

S'il vous plaît. Aidez-moi. Votez pour lui.

17 : 59 **♥ : 14 625** **: 9 631** **: 1 875**

En à peine vingt-quatre heures, son post a été partagé 9 631 fois. Et le temps que Diego fasse ce constat, il y a 17 partages supplémentaires. Le compteur continue à s'affoler.

L'ennemi est invisible et sournois. Derrière chacun de ces votants se dissimule un lyncheur potentiel, un ennemi retranché sous un anonymat confortable, un ennemi embusqué, qui peut surgir à tout moment. Et puis il y a ceux qui attisent la haine, et font grossir les rangs de cette armée secrète. Comme Patty.

Sans vraiment s'en rendre compte, Diego rentre la tête dans les épaules et se recroqueville sur son banc. Derrière chacun des passants qui le frôlent peut se cacher son bourreau. Ennemis – Amis. Mentalement, il ne peut s'empêcher de dresser une liste.

Lya *Amie*
Elliot *Ami*
Karl *Ami*

Diego n'imaginait pas, il y a quelques jours, pouvoir affirmer cela à propos de son ex-codétenu.

Helena *?*

Il hésite. Défend-elle avant tout une cause ou se soucie-t-elle, comme elle l'affirme, de sa sécurité ?

Ève *?*

Il ne sait pas non plus. Une meurtrière… lâchement assassinée. L'émotion provoquée par sa disparition est trop vive pour qu'il parvienne à réfléchir. Et lui-même, qu'est-il ? Cette question le fait vaciller.

Pour reprendre pied, il doit identifier un ennemi. Un ennemi pour lequel il n'y aura aucun doute possible. Très vite, un nom s'impose à son esprit, ou plutôt un pseudo : Gun_27.

Gun_27 *Ennemie !*

Elle était la première sur le lieu de son relâchement. Elle est son ennemie numéro 1. Maintenant qu'il l'a identifiée, il va chercher des informations à son sujet. Alors qu'il s'apprête à quitter la page dédiée aux relâchés potentiels, l'application l'incite à voter, avec, cette fois, un message plus insistant.

Voulez-vous vraiment quitter cette page ?
Ne laissez pas aux autres le soin de décider à votre place !

Écœuré, il vérifie l'heure. 18 h 40. Cela lui laisse une dizaine de minutes. Il lance une recherche sur le pseudo Gun_27, se maudit de ne pas avoir eu cette idée plus tôt. Rapidement, il trouve des informations. Gun_27 ne se cache pas, elle assume son activité de lyncheuse. Elle va même jusqu'à la revendiquer. Sur les réseaux sociaux, elle a posté des photos d'elle un revolver à la main, ou en train d'épauler une carabine dans un stand de tir où l'on distingue, tout au fond, des cibles en forme de silhouettes humaines. Sur cette dernière photo, un large sourire étire sa bouche et ses yeux renvoient un éclat intense qui trahit une excitation proche de l'ivresse.

Il fait défiler des dizaines de photos qui, toutes, suscitent des commentaires enthousiastes avant de se concentrer sur ses posts des dernières heures. Et il finit par trouver.

Cet enfoiré a cru nous tromper, mais on l'aura !

L'enfoiré, c'est bien sûr lui, Diego, et pour que personne n'en doute elle a diffusé son portrait après avoir collé une cible sur son front.

Gun_27 *Ennemie !*

Les réactions à son message sont unanimes. Toutes se déchaînent. Les bêtes sont enragées. Le sang. Son odeur. Sa mise en scène devant le chantier pour leur faire croire qu'il était blessé, aux abois, les a piqués au vif. À aucun moment, il n'est question du drame qu'il a engendré. Tous vivent cette traque comme une partie de chasse. Un jeu.

Un message apparaît, dans le fil, qui tranche avec les précédents.

Anna

C'est un salaud comme lui, bourré, qui a tué mon père parti faire une balade à vélo.

18:46 ♥:0 :0 :0

La première réponse à surgir provient de Gun_27. Un simple GIF : une cervelle pulvérisée au ralenti.

Diego est sonné. Il laisse presque échapper son téléphone. Il suffoque. Son cœur menace d'exploser.

Quand il parvient enfin à reprendre sa respiration, il est 18 h 53.

Extrait de l'interrogatoire de Diego Abrio, lors de sa garde à vue

— Aviez-vous bu lors de cette soirée ?

— …

— Je vous ai posé une question. Avez-vous consommé de l'alcool lors de cette soirée ?

— Euh oui.

— Combien ?

— Je… je ne sais pas. Pas plus que les autres.

— Ce n'est pas ce que je vous demande. Je veux savoir quelle quantité d'alcool vous avez consommée.

— Quatre ou cinq bières. Et un rhum. Mais on a commencé l'apéro vers 19 h 30, et l'accident a eu lieu à 2 heures du matin.

— Je ne vous demande pas de faire des commentaires. Les résultats de l'analyse de sang pratiquée à votre arrivée à l'hôpital indiquaient 0,95 gramme d'alcool par litre de sang. Avez-vous pris de la drogue ?

— J'ai tiré sur un joint qui tournait dans la soirée.

— Un seul ?

— Peut-être deux.

— Vos résultats d'analyse étaient là aussi positifs. La poly-consommation, alcool plus drogue, multiplie le risque d'accidents mortels par 14 !

11

MERCREDI, 18H54

À cette heure, la foule est compacte à l'entrée du métro et Diego a du mal à se frayer un passage parmi elle. Il se faufile, resquille, entend protester des gens dans son dos. S'il perd trop de temps, il n'atteindra pas le point qu'il s'est fixé pour 19 heures pile. Il joue des coudes, glisse des excuses à ceux qu'il bouscule, leur dit qu'il est désolé, pressé, qu'il doit rentrer chez lui au plus vite.

— Et nous ? Tu crois qu'on a envie de passer la nuit ici ? râle un homme en costume cravate. J'ai une femme et des enfants qui m'attendent, et plus d'une heure de trajet à faire !

18 h 55.

Diego utilise le Pass que lui a prêté Lya. Sa main tremble. Le GIF de Gun_27 tourne en boucle dans sa tête, au point qu'il pourrait presque sentir sa cervelle exploser. Quand l'automate ouvre le portillon, il s'élance, manque de renverser une femme qui tient par la main une petite fille qui ne doit pas avoir plus de trois ou quatre ans.

— Vous n'pouvez pas faire attention ?

Il lève une main en signe d'excuse et reprend sa course. Un couloir interminable s'étire devant lui. Il slalome, zigzague entre les voyageurs, se glisse de profil dans le moindre interstice de cette foule trop dense. Au bout il y a un escalator, doublé d'un escalier moins fréquenté.

18 h 56.

Diego n'a pas choisi cette station par hasard. Elle représente un véritable nœud d'interconnexions : quatre lignes de métro, une gare ferroviaire, et une autre de bus. Il a longuement étudié le plan de la station durant l'après-midi. Le point qu'il veut atteindre se situe en profondeur. C'est une sorte de place souterraine en forme de pentagone, vers laquelle convergent cinq accès en provenance et en direction des différentes lignes de métro et des deux gares. Il doit être en son centre exact à 19 heures précises, à l'instant même de sa localisation par *Guilty*. De ce point, il sera impossible de deviner dans quelle direction il sera parti. Une infinité de probabilités pour sa fuite… une impasse pour tous ceux qui le traquent !

Il avait prévu de reprendre son souffle durant une ou deux minutes avant la transmission pour renvoyer une image de sérénité qui tranche avec son état de la veille. Dérouter ses poursuivants pour les déstabiliser. Cela ne sera pas possible. Un homme gît, assis, en travers du couloir. Un bout de carton posé devant lui indique qu'il a faim. Il fait tinter quelques pièces au fond d'une coupelle en plastique. Diego le maudit intérieurement, il le ralentit! Cette fois, il écarte sans ménagement les gens devant lui. Un pied se tend volontairement entre ses chevilles pour le faire tomber, il parvient à éviter la chute et, une fois l'obstacle franchi, se remet à courir de plus belle.

18 h 57.

Sa gorge lui fait mal. La sueur qui dévale son front lui brûle les yeux. Sans cesser de courir, il retire ses lunettes et s'essuie le front avec sa manche. Soudain, il heurte l'épaule d'un gars solide qui remontait le couloir d'un pas vif. Sous le choc, Diego rebondit presque, laisse échapper ses solaires, se retourne pour les récupérer au sol; mais il ne distingue qu'une forêt dense de jambes en mouvement. Il décide de poursuivre et retire d'un geste brusque la casquette sous laquelle ses oreilles semblent en feu.

À 18 h 58, étonné d'être arrivé là en avance, il pénètre dans le pentagone. La foule a encore gagné en densité, les voyageurs se croisent en tous sens en formant un ballet ininterrompu. La lumière, plus puissante que dans les couloirs, est si blanche qu'elle glace la zone.

En quelques enjambées, Diego se retrouve au centre. Là, il n'a plus qu'à attendre. Il ferme les yeux, se concentre sur le rythme de sa respiration pour la faire ralentir. Sous ses paupières baissées défilent les images de cohue des dernières minutes, son impression de solitude au milieu de ce monde. Il sourit légèrement en imaginant la tête de Gun_27 quand elle découvrira où il est et comment il s'est, une nouvelle fois, joué d'elle et de tous les autres lyncheurs.

— Vous n'êtes pas Diego Abrio, le relâché ?

Il rouvre les yeux. Un homme d'une quarantaine d'années, interdit, jette sur lui un regard inquisiteur.

18 h 59.

Diego est pris au dépourvu. Son hésitation le trahit.

— Oui, c'est bien toi, murmure l'homme. Je te reconnais…

Diego voudrait fuir, mais il doit tenir ici une minute encore. Il nie.

— Non, vous vous trompez. Je ne sais pas de qui vous parlez. Je ne suis pas Diego Machin.

L'homme plisse un peu plus les yeux. Ses sourcils se rejoignent presque au-dessus de son nez froncé. Ses mâchoires se crispent. Il semble chercher ses mots.

Diego voudrait accélérer le temps. Juste une minute. Une simple petite minute.

L'homme ouvre la bouche, observe la foule autour de lui avant d'interpeller les voyageurs.

— C'est Diego Abrio ! hurle-t-il. Le relâché d'hier !

Pris au dépourvu, Diego se raidit en secouant la tête.

— Non, non, tente-t-il.

Un cercle de curieux s'est formé autour d'eux.

— C'est Diego Abrio ! insiste le type. Diego Abrio.

Il répète son nom comme le ferait un prêcheur virulent qui voudrait galvaniser une foule.

Il n'est pas encore 19 heures. Il faut tenir. Cinq secondes ? Dix ? Vingt ? Cinquante ?

La panique le gagne et l'empêche de parler. Alors il lève les mains en signe d'apaisement tandis qu'une tempête se déchaîne en lui. Terrible. Sans pitié.

Les visages autour de lui changent soudain, ils virent de l'étonnement à la haine. Diego fait un pas de côté quand on le pousse violemment vers l'avant. Il se retrouve plaqué contre celui qui l'a identifié. Le type écarte les bras et fait un mouvement de recul, comme s'il avait affaire à un pestiféré.

19 h 00.

Le mouchard électronique accroché à sa cheville vient de transmettre ses données. Il est temps de disparaître. D'un coup d'œil circulaire, il cherche une brèche dans ce mur épais qui l'entoure de toutes parts. Il évite de croiser les regards, hostiles. Le premier coup l'atteint au côté. Un pied, un poing, un genou ? Il ne sait pas. La douleur est vive.

— Tu vas crever ! hurle un homme.

Une clameur monte autour de lui. Une douleur aiguë le poignarde dans le dos. Il se retourne, ne parvient pas à identifier l'auteur du coup. Son réflexe est de serrer ses poings et de battre l'air devant lui pour maintenir la foule à distance. Mais si ceux qui lui font face reculent, d'autres, derrière, approchent pour le frapper. Il pivote et cogne à l'aveugle. Ses poings heurtent des masses molles, d'autres plus dures. Peut-être une mâchoire ou une arcade sourcilière. Sa main est rouge… de son sang ? Du leur ? On le bouscule. Il n'est plus qu'un pantin qu'on balance d'un côté à l'autre de cette arène improvisée. Les coups pleuvent, ils atteignent son visage, ses épaules, ses bras, ses jambes, et entament à chaque fois un peu plus ses forces. Emporté dans un tourbillon, il n'a plus aucune prise sur la situation. Un flash le renvoie dans la voiture, alors qu'elle entamait une série de tonneaux. Il entend un cri, plus fort que les autres, reconnaît la voix. Celle de Mona, qui l'implore. C'est un appel à l'aide que personne ne peut entendre, une supplique vaine, qui l'engloutit de nouveau dans ce terrible sentiment d'impuissance. Il est trop tard. Il ne peut plus rien changer ni arrêter, simplement assister au désastre qu'il a causé. Ses pensées sont baignées de rouge, le rouge du sang, le rouge de la haine, le rouge de la colère… contre lui-même et aussi contre tous ceux qui l'entourent. Il retourne à la vie. Non, il ne veut pas mourir. Pas maintenant ! Il porte une main à son visage, comme s'il voulait vérifier qu'il est vivant. Il rencontre le sang, qui coule maintenant dans ses yeux et teinte son horizon de rouge.

Diego se raidit et propulse toute sa rage dans ses poings. Ses coups sont désordonnés, moins vifs mais si imprévisibles qu'ils effrayent les lyncheurs et font cesser la pluie de ceux qui s'abattent sur lui.

Un vieil homme barbu l'observe d'un air goguenard en riant et le pointe du doigt.

— Si ça continue, il va pleurer !

Les autres rient aussi. Les cris fusent. « Fallait réfléchir avant ! », « Tu n'as que ce que tu mérites ! », « Finissons-en ! »

— Oui, finissons-en ! reprend une voix qui couvre toutes les autres. On doit nettoyer la société de ce ramassis de meurtriers qui mettent nos enfants en danger !

Diego ferme les yeux. Une douleur sourde martèle le fond de son cerveau. Il sait que c'est fini. Alors il pense à Mona. Il ne veut penser qu'à elle. Lui demander pardon. Encore et encore. Comme à chaque fois, il suffoque. Il hait cette existence qui ne permet pas de revenir en arrière – jamais. Il hait ce qu'il a fait. Il se hait lui-même. *Mona. Pardon. Mona. Pardon. Mona. Pardon. Mona. Pardon. Mona. Pardon.*

Quand il rouvre les yeux, deux hommes, dos à lui, forment une sorte de barrage. Autour, ça hurle toujours plus.

— Lyncher cet homme ne résoudra rien ! Le lynchage n'est pas la justice !

— Ta gueule ! s'énerve un de ceux qui le frappaient un peu plus tôt.

Celui qui fait écran reprend :

— Le tuer ne changera rien à vos vies. Ça ne ressuscitera pas sa victime !

— Il est à nous ! lui oppose une femme.

— Ne devenez pas des meurtriers ! Ne faites pas ce que vous lui reprochez d'avoir fait ! Vous vous trompez…

Cette fois, la foule répond en resserrant son étau pour ne former qu'une masse compacte. On crie. On tape. On se bouscule. Diego s'agrippe à une veste pour ne pas tomber. S'il chute, il mourra piétiné. L'instant d'après, ses pieds ne touchent plus le sol tant la pression est forte. La confusion règne autour de lui. L'affrontement est général. Il s'étire, pivote : partout c'est un immense chaos dont il ne semble plus être le centre. S'il doit saisir sa chance, c'est maintenant.

Il replie ses bras autour de sa tête, tant pour se dissimuler que pour se protéger, et tente de percer la foule. À chaque seconde, il s'attend à être reconnu et à voir s'évanouir tout espoir de s'en sortir. Mais il progresse, centimètre par centimètre. Par moments, il reçoit un coup. On se bat. On se déchire. Le pentagone est le théâtre tragique d'une bagarre générale entre partisans et opposants au relâchement.

Soudain, des coups de sifflet retentissent.

— Police ! hurle une voix dans un mégaphone.

Vous écoutez Radio Fréquence Plus, la radio qui vous fait vivre l'information comme si vous y étiez.

Diego Abrio a été relâché il y a deux jours et ce soir, nous ouvrons une édition spéciale. Il vient de se passer quelque chose d'exceptionnel dans les sous-sols de notre ville, un affrontement inédit depuis la promulgation de la loi sur le relâchement. Jusque-là, opposants et partisans de cette loi se contentaient d'affrontements verbaux. Cette fois, leur antagonisme a pris un tour dramatique puisque les deux camps en sont venus aux mains, transformant la place pentagonale en un champ de bataille. À cette heure, des milliers de passagers transitent par ce lieu. L'arrivée des forces de l'ordre a permis de stopper cette bagarre générale, mais on déplore un bilan de douze blessés, dont trois graves.

Les témoignages que nous avons pu recueillir sont confus, parfois contradictoires. Sur place, plusieurs personnes ont expliqué à notre envoyé spécial que Diego Abrio avait pris la foule à partie et que certains usagers avaient voulu le chasser voire le faire taire.

Mais d'autres témoins affirment qu'un petit groupe voulait le mettre hors d'état de nuire. Le relâché Diego Abrio a réussi à échapper aux forces de l'ordre.

Dans un communiqué, la police dément les rumeurs prétendant qu'il aurait été emmené dans un commissariat voisin pour lui éviter le pire. Le chef de la police rappelle que la loi ne l'autorise pas à protéger un relâché et que son intervention visait simplement à rétablir l'ordre public, dans un strict respect de la loi.

Le relâché Diego Abrio a-t-il réussi à s'enfuir? Un groupe l'a-t-il capturé pour le lyncher à l'écart? Restez connectés à Radio Fréquence Plus!

12

MERCREDI, 19H36

La maison des parents de Mona se trouve dans une banlieue pavillonnaire. Elle jouxte un hypermarché dont l'enseigne inonde la rue d'une lumière rouge qui lui donne l'allure d'un décor de film noir. Diego jette un œil aux nuages gris quand il reçoit une première goutte de pluie.

Sur le parking, des clients s'empressent de transvaser le contenu de leur chariot dans le coffre de leur voiture. Il accélère le pas. Il redoute de croiser là les parents de Mona, ou bien sa sœur, ou son frère. Ce n'est pas ainsi qu'il envisage leurs retrouvailles.

Il passe une première fois devant la maison familiale et aperçoit une lumière à l'intérieur. Son cœur s'emballe. Il va jusqu'au bout de la rue, fait demi-tour pour revenir sur ses pas. Une fois devant le portail, il parcourt le jardin du regard. Du chêne centenaire qui borde la terrasse aux rosiers de part et d'autre de l'allée, rien n'a changé depuis la dernière fois... La vigne vierge couvre la façade de la maison sur ses deux niveaux. Diego ferme les yeux : il peut entendre les cris, les rires, il se rappelle les grandes tablées lors du barbecue hebdomadaire. La mère de Mona l'a accueilli comme on accueille un fils, simplement heureuse de voir sa fille heureuse. Son père l'a observé, plus méfiant, avant de baisser la garde. Trois années d'un bonheur qui lui semble irréel.

Quand Diego sent qu'un gouffre immense s'ouvre sous ses pieds, il tressaille et regarde devant lui.

S'il n'entre pas maintenant, il ne le fera jamais.

Alors qu'il actionne la poignée du portillon, il repense aux dizaines de lettres qu'il a écrites aux parents de Mona, et qui sont restées sans réponse. Il emprunte l'allée. Il voudrait qu'elle ne s'arrête jamais. En passant devant la fenêtre de la cuisine, il baisse la tête pour s'interdire de jeter un œil à l'intérieur.

Il grimpe les trois marches qui mènent à la porte d'entrée et s'immobilise, le regard dans le vague. Tous les muscles de son ventre et de sa poitrine lui font mal. Il respire avec peine. Il fixe cette porte qu'il ouvrait sans sonner. Il faisait partie de la famille.

Employer le passé lui cisaille le cœur. Mais il doit se ressaisir. Il n'y a pas un jour où il n'ait pensé à cette confrontation. Il a joué et rejoué cette scène des centaines de fois dans sa tête, pesant chaque mot, chaque attitude.

Maintenant qu'il est arrivé au but, il a l'impression que toutes ces répétitions ont déserté son esprit, le laissant vide. Ils savent forcément qu'il a été relâché. S'attendent-ils à le voir ? S'y sont-ils préparés, eux aussi ? Quelle sera leur réaction ?

Pour reprendre contenance, il se concentre sur le martèlement des gouttes sur le toit. Ses cheveux trempés ruissellent sur ses joues et son tee-shirt. Il serre les poings. Il voudrait se frapper. L'accident a tout consumé. La vie de Mona, bien sûr ; celle de Jules, le copain d'Alex, qui a passé de longues semaines dans le coma et qui a dû garder des séquelles ; celles de tout leur entourage. L'accident a aussi consumé ses propres forces, sa foi en l'avenir, ses rêves.

Il lève sa main vers la sonnette, suspend son geste et frappe à la porte.

Ma vie s'est arrêtée un soir en décembre.

On rentrait d'une soirée d'anniversaire, pour être exact. Celui de Maxime. Vingt ans, ça se fête ! On s'était tous cotisés pour lui offrir un saut en parachute. Maxime était une tête brûlée, un gars hyper cool qui aimait faire la fête et le plein de sensations. Rien ne semblait pouvoir l'arrêter. Le mot « danger » ne faisait pas partie de son vocabulaire.

En plus de son anniversaire, on célébrait le départ de Maxime. Il partait deux ans au Canada poursuivre ses études. Tout le monde le charriait en lui disant qu'il finirait bûcheron. On avait enchaîné les clichés. Une fille était même retournée chez elle pour rapporter une chemise à carreaux et la lui offrir. Chacun savait que Maxime ne reviendrait peut-être jamais s'il rencontrait là-bas la femme de sa vie. Il était le premier de la bande à s'éloigner. Nous étions quatre : lui, Elliot, Romain et moi. C'est avec eux que j'ai partagé les premières cuites et les premiers joints, avec eux aussi que j'ai fait pousser de l'herbe dans un champ voisin, à l'abri des regards, entre des rangées de maïs, avant qu'on se fasse choper. On s'est confié nos peurs et nos doutes lors de nos expériences avec les filles.

On était tellement liés et conquérants que certains se moquaient de nous en nous appelant les Quatre fantastiques. C'est vrai qu'on se la jouait ! Mais c'était du solide entre nous. On n'a pas lâché Max quand sa mère est tombée malade pour décéder quelques mois plus tard, le laissant déprimé. On était là auprès de Romain lors de la séparation violente de ses parents. On croyait que notre amitié pouvait résister à tout.

Ce soir-là, on avait conscience d'être à un carrefour de nos existences, même si aucun de nous ne l'a formulé. Entre ceux qui partaient, ceux qui entraient dans le monde du travail, les projets d'année de césure, les couples en cours d'installation. Devenir adulte, ou pas tout à fait...

Notre bande a explosé à l'issue de cette soirée tragique.

Avec Mona, nous sommes arrivés un peu tard, presque les derniers. Mona n'a jamais su être à l'heure. Elle ne le faisait pas exprès, elle s'excusait toujours, d'un air espiègle qui disait qu'elle ne comptait pas faire le moindre effort pour changer. Mais je m'en moquais. De toute autre personne, je ne l'aurais pas supporté. Elle, je l'aimais. Notre rencontre avait été si improbable que j'avais immédiatement saisi qu'elle ouvrait une histoire différente. Au début, j'ai voulu comprendre par quel mystère nous nous étions retrouvés là, tous les deux, au même moment, dans un commissariat. J'ai vite renoncé, de peur de découvrir que ce hasard n'était qu'un simple rêve. Quelle était la probabilité de se faire voler tous les deux notre portefeuille le même jour et de nous retrouver dans la salle d'attente du commissariat de la ville ? Un policier était venu, il avait demandé qui était là pour le vol de ses papiers d'identité. Nous nous sommes levés de concert, en annonçant *Moi* d'une seule voix. Nous nous sommes regardés, puis nous avons éclaté de rire devant la tête du policier qui croyait qu'on se moquait de lui.

Il m'a fait entrer le premier dans son bureau. Quand j'en suis sorti, Mona était en train de faire sa déposition avec un autre policier. Je l'ai attendue à la sortie, sur le trottoir, et nous sommes allés boire un pot. Nous brûlions tous les deux du même désir.

Le jardin était bondé. Je n'avais jamais vu autant de monde chez Maxime.

Nous étions une trentaine, peut-être quarante. En plus de la bande habituelle, il y avait ses deux frères, trois cousins, une cousine, ainsi que des voisins. Ses parents, là au début de la fête, nous ont laissés. Je n'ai revu personne.

Checks, bises, bourrades amicales.

Très vite, nous nous sommes retrouvés avec un premier verre à la main. Je me souviens d'avoir trinqué avec Mona, puis avec tous ceux que je croisais. Il y avait du monde autour du baby-foot, sorti du garage pour l'occasion. Maxime nous a tous les deux pris dans ses bras. Il était un peu éméché. *Je vous aime,* a-t-il dit d'une voix pâteuse. Nous avons ri.

Il avait installé une sono dans le jardin, qui déversait des accords électros sur lesquels il était impossible de danser.

Mon premier verre terminé, j'en ai pris un deuxième. Mona aussi. Nous étions bien.

Violence_routiere13

Diego Abrio est un danger public ! Il doit être éliminé pour faire réfléchir tous ceux qui boivent et seraient tentés de prendre le volant bourrés !

Il doit être É-LI-MI-NÉ !

20 : 01 ♥ : **157** : **23** : **36**

Réponses les plus récentes :

Lynchage_maintenant *@Violence_routiere13 :*

T'as raison. Il mérite pas de vivre. Chaque minute qui passe est une insulte aux victimes.

LYNCHAGE MAINTENANT !

20 : 11

Tom666 *@Violence_routiere13*

Quand on tient pas l'alcool, on laisse sa bagnole.

Abrio n'est qu'une fiotte !

Moi quand je picole, je sais tenir mon volant ! lol

20 : 12

Al_speed_mad *@Tom666*

T'as raison. À mort la fiotte !

20 : 14

Sensations_fortes *@Eagle421*

Au lieu de chouiner, les mecs, passez à l'action !

Moi j'y suis avec mes potes. Et on ratisse la ville !

20 : 15

13

MERCREDI, 20H17

Diego entend la clé tourner dans la serrure, puis la porte s'ouvre. Une jeune fille l'observe et se fige. Il met une fraction de seconde à réaliser qu'il s'agit de la sœur de Mona, Vic. Elle a tellement changé en trois ans ! Elle s'est débarrassée de son allure de gamine. Des larmes envahissent ses yeux. Ils ont la même couleur que ceux de Mona.

— Qui est-ce ? demande la mère depuis la cuisine.

Vic entrouvre la bouche, mais ne parvient pas à répondre.

— Je suis venu pour vous parler.

Les mots de Diego la laissent toujours sans voix.

— Vic ? interroge sa mère avec, cette fois, un soupçon d'inquiétude.

La jeune fille s'écarte pour le laisser entrer. Il hésite, refoule l'envie de fuir qui le saisit. Il sait que le face-à-face va être compliqué, douloureux, peut-être insoutenable, pour lui comme pour eux. Les phrases qu'il s'est tant de fois répétées se sont envolées.

Il fait un pas en avant. Sur l'écran géant qui couvre presque un pan du mur de la pièce, il découvre son portrait. *Le relâché Abrio crée une émeute. Bilan : 12 blessés, dont 3 graves,* annonce un bandeau au bas de l'écran. Les images pixélisées d'une caméra de surveillance apparaissent. On distingue la place souterraine en forme de pentagone, la foule qui se bat, les policiers qui interviennent. Vic alterne les coups d'œil entre l'écran et lui. Diego voudrait lui expliquer, mais cela ne servirait à rien.

Soudain, la mère arrive. Elle tient une cuillère en bois à la main, arbore un tablier de cuisine qui vante une marque de volailles élevées en plein air.

— Qu'est-ce que tu fais là ?

Son visage amaigri lui donne un air sévère inédit. Ses yeux menacent de se perdre dans de profonds cernes. Si Diego l'avait croisée dans la rue, il ne l'aurait pas reconnue. Il n'a pas le temps de répondre. Elle appelle déjà son mari.

— Martin, viens vite ! Il est revenu !

Le ton n'a rien de bienveillant. La grimace qui déforme sa bouche trahit sa colère, pas seulement sa détresse.

— Je... je suis venu vous parler.

Quand il découvre le portrait de Mona dans un cadre posé sur le buffet, ses jambes se mettent à trembler. Un bouquet de fleurs fraîches est placé devant. Une bougie est allumée. Diego tient à peine debout tant l'émotion est forte. À peine se rend-il compte que Vic referme la porte derrière lui. Il refoule ses larmes. Il ne doit pas les laisser le submerger.

— Je ne veux rien savoir. Je ne veux pas t'entendre. Dehors. Va-t'en ! Tu n'as rien à faire chez nous !

La mère a parlé à toute vitesse et sa voix est montée d'un cran.

Son mari l'attrape par le bras. D'un geste de l'épaule, elle se dégage.

— Je sais ce que vous avez enduré, tente Diego.

Mais l'effet produit est l'inverse de ce qu'il cherchait. Ses mots exacerbent une colère refoulée depuis trois ans.

— Tu oses venir chez nous pour nous dire que tu sais ce que nous avons enduré ? Tu nous as pris notre fille. Je l'ai portée neuf mois dans mon ventre. Je l'ai allaitée. J'ai été là quand elle avait de la fièvre, quand elle avait peur la nuit, quand elle doutait. Mona était une partie de moi. La chair de ma chair. J'aurais donné ma vie pour qu'il ne lui arrive rien de grave. Et toi, en qui j'avais totalement confiance, tu n'as même pas été capable de la protéger. Pire, tu as été son bourreau !

Elle fait un pas dans sa direction et le gifle, si violemment qu'il est à moitié assommé. La première frappe sa joue gauche. Au retour, c'est la droite qui prend. Puis plus rien. Diego a envie de lui dire de continuer, de ne surtout pas s'arrêter, de le battre autant qu'il lui sera nécessaire pour purger sa douleur et sa haine. C'est le prix qu'il doit payer pour espérer s'en sortir. Comme rien ne vient, il rouvre les yeux.

Elle a baissé la tête, puis la relève et le fixe.

— Ma fille est morte de t'avoir rencontré ! Tu entends ? Elle en est morte ! C'est toi qui l'as tuée ! Et jamais je ne te pardonnerai. Jamais. Jamais.

Son ton est froid et mordant.

Il n'aurait pas dû venir. Il ne s'attendait pas à être accueilli à bras ouverts, non. Mais il croyait pouvoir leur exprimer ses regrets, peut-être obtenir leur pardon ou, tout au moins, ouvrir une voie qui y mènerait. Au lieu de cela, il a l'impression d'avoir ravivé leurs blessures, d'avoir comme jeté du gros sel sur leurs plaies ouvertes.

Vic assiste à la scène, effarée. Diego se tourne vers elle, mais sa mère s'interpose en se glissant entre eux.

— Va-t'en ! lui intime-t-elle d'une voix autoritaire. Cette maison était la tienne, mais tu nous as trahis.

Diego vacille. Il ne sortira plus jamais du cauchemar, tout comme eux.

— Je l'aimais. Je suis désolé. Vraiment désolé. Elle me manque tant.

Il fixe la photo sur le buffet, il voudrait tant pouvoir remonter le temps. Devant le portrait de Mona, il pleure. Le cliché a été pris ici, dans le jardin. Il reconnaît sa robe. Il pourrait même sentir son parfum s'il parvenait à se concentrer.

— Arrête de nous torturer. Tu nous as déjà fait suffisamment de mal comme ça. Va-t'en ! Je ne veux plus jamais te revoir !

Il est et demeurera un monstre à leurs yeux. Pour toujours.

Une tempête déferle sous son crâne, qui emporte tout. Comme il reste figé, elle s'avance vers lui pour le gifler de nouveau. Cette fois, son mari l'en empêche et la prend dans ses bras. Elle éclate en sanglots. Diego fait un pas en arrière et, de sa main, il cherche la poignée de la porte. La mère de Mona redresse la tête, le fixe par-dessus l'épaule de son mari. Son visage ravagé par un indescriptible chagrin est chargé de haine.

— Si tu ne pars pas tout de suite, je préviens tous ceux qui te cherchent. Et eux, ils sauront s'occuper de toi.

Extrait de l'interrogatoire de Diego Abrio, lors de sa garde à vue

— À quelle heure avez-vous quitté la fête ?

— Je ne sais plus. Je n'ai pas regardé l'heure. Il devait être 3 heures du matin. Ou peut-être 4.

— Dans quel état physique étiez-vous ?

— Fatigué. Mais je me sentais bien.

— Vous sentiez-vous en état de conduire ?

— Oui ! Sinon je n'aurais pas pris le volant.

— Pourtant, vous m'avez dit avoir bu cinq ou six verres d'alcool, et fumé deux joints.

— Je n'ai pas fumé deux joints ! J'ai simplement tiré deux taffes sur les deux putains de pétards qui ont circulé. C'est tout !

— C'est tout ? Aux yeux de la loi, vous avez pris de la drogue.

— Vous cherchez à me faire la morale ?

— Non. Je cherche simplement à reconstituer les faits précis pour établir la chronologie et les circonstances exactes de l'accident qui a coûté la vie à Mona Goverts. Pour vous juger, il y aura un tribunal. Et vous devrez faire face à vos actes, ainsi qu'à votre passé.

14

MERCREDI, 20H31

Diego inspire une grande goulée d'air, mais vacille et tombe à genoux quand un spasme contracte son estomac. Il sent l'humidité traverser son jean et pénétrer ses articulations. Il tourne la tête vers la porte fermée. Il songe au portrait de Mona sur le buffet. Il n'a même pas de photo d'elle... Il agrippe l'herbe avec ses poings, en arrache des poignées.

Il n'a pas su trouver les mots... des mots qu'il a pourtant ruminés depuis trois années, sans avoir quiconque avec qui les partager. On lui a bien proposé de rencontrer l'aumônier de la prison. Il a accepté. L'entrevue ne s'est pas bien passée. Le type était vieux, à des années-lumière de ce qu'il avait vécu. Il avait Dieu plein la bouche, il lui avait vanté les bienfaits de la prière ! Alors qu'aurait-il pu comprendre, s'il avait évoqué les bienfaits de cette légère euphorie que procure l'alcool, qui l'aidait à oublier qu'il avait peur de ne pas plaire, de ne pas être à la hauteur, qui gommait aussi toutes les horreurs du monde qui les entouraient, permettait de passer outre le trop-plein de colère et de doute qui s'accumulait en lui ? Comment cet aumônier aurait-il pu entendre qu'il ait fumé des joints et même pris quelques acides quand il voulait larguer les amarres ? Car lui comme ses amis refusaient cette existence toute tracée où il faudrait bosser pour réussir afin de satisfaire les espoirs de leurs parents ! Ils voulaient vivre l'instant, libres, sans contraintes, se foutre de tout et de l'avenir. Maintenant. Et c'était tout.

Maintenant.

Désormais, ce mot sonne bizarrement. Car sa vie est un vide absolu. Durant ces années de prison, il n'a réfléchi qu'à ce moment clé où il reverrait les parents de Mona, pour leur parler, pour s'excuser et livrer tout ce qui s'enkystait… mais il n'a pas su le dire. La suite ? Rien. Il se sent complètement perdu. Il se dégoûte. Cette fois, le spasme qui étrangle son ventre est si violent qu'il vomit. Il voudrait parvenir à expulser toute la douleur et l'horreur qui le rongent, mais elles restent accrochées à lui.

Il se redresse, prend une grande inspiration et revoit Mona courir en maillot de bain dans le jardin tandis que son frère la poursuit avec le tuyau d'arrosage ouvert. Il repense à tous ces repas pris avec ses parents à l'ombre du chêne. Il ne mesurait pas qu'il était en train de vivre ses plus grands moments de bonheur. Puis ressurgit le souvenir de la soirée. L'instant où ils décident de quitter la fête. Elle grimpe dans la voiture. Elle s'assoit à l'avant, à côté de lui. Son frère Alex s'installe à l'arrière avec Jules, son copain de l'époque. Ils rient et chantent. Mona les prévient qu'ils n'ont pas intérêt à vomir dans la voiture. Diego a son permis en poche depuis deux mois. C'est sa première voiture.

Le fracas des tôles résonne ensuite dans sa tête, terrifiant, interminable. Un véritable cauchemar. Le bitume se mélange au ciel, des gerbes d'étincelles crépitent, les éclats de verre lui labourent le visage et les bras. Il voudrait croire que la main de Mona était posée sur sa cuisse quand la voiture a quitté la route, qu'elle lui murmurait *Je t'aime* alors qu'elle s'endormait, et qu'à l'arrière les deux garçons s'embrassaient. Il voudrait faire un arrêt sur image. Figer le temps à jamais.

Des larmes coulent sur ses joues. Avec effort, il se relève. Il remonte l'allée en direction du portail. Partir, sans savoir où aller.

— Diego.

Il se retourne. C'est Vic. Elle était trop jeune à l'époque pour sortir avec eux et elle a échappé à tout ça. Il se reprend; non, elle n'a pas échappé à tout ça, puisqu'elle a perdu sa grande sœur. Il s'attend à ce qu'elle formule à son tour les reproches que l'intervention de sa mère a sans doute bloqués.

— Faut pas en vouloir à maman, dit-elle.

Diego a du mal à la regarder. La pénombre gomme les différences entre le visage de Vic et celui de Mona. Elles ont la même implantation assez haute de cheveux, le même nez fin. Tout le reste diffère, mais Diego ne peut arracher son attention de ces éléments.

— Son chagrin est immense, poursuit-elle. Jamais elle ne se remettra de la disparition de Mona. Sa colère est intacte. C'est comme ça qu'elle tient et qu'elle avance.

Diego baisse les yeux.

— Et toi ? ose-t-il.

— Moi ? Je voudrais sortir du malheur qui étouffe ma famille. Depuis que Mona est morte, on ne vit plus. Alors, si pardonner peut m'aider à tourner la page, je veux bien te pardonner.

Diego lève la main, puis la laisse retomber le long de son corps. Les paroles de Vic l'émeuvent.

Le visage crispé, il se penche vers elle.

— Merci, parvient-il à murmurer.

Il voudrait étouffer la douleur trop violente dans son ventre.

— Le juge n'a pas voulu me donner une permission de sortie pour assister à son enterrement, dit-il, comme s'il cherchait à s'excuser.

Vic baisse la tête.

— Ce n'est pas le juge. C'est ma mère qui a opposé son véto. Je crois que c'était mieux ainsi.

Sans doute a-t-elle raison. Pourtant, il aurait eu besoin de voir son corps, ou même son cercueil. Faire face à son désastre. Il n'est pas un lâche – pas plus qu'il n'est dans le déni. Ce qu'il n'a pu faire à l'époque, il veut le réaliser aujourd'hui.

— Où est-elle enterrée ? demande-t-il.

S'il ne peut pas parler à ses parents, il s'adressera à elle, sur sa tombe.

— Tu… tu ne sais pas ?

Diego plisse les yeux. Vic s'est figée, comme statufiée.

— Quoi ? Qu'est-ce que je devrais savoir ?

Vic ouvre la bouche quand sa mère surgit de la maison.

— Vic, tu dois rentrer ! Il a tué ta sœur !

— Laisse-moi deux minutes, maman. S'il te plaît.

Diego recule d'un pas.

Elle esquisse un mouvement pour le retenir.

— Vic, je t'interdis de lui parler ! Rentre !

Elle se tourne vers sa mère.

— Maman, on ne peut pas continuer comme ça. La haine ne nous rendra pas Mona. Sa vie s'est arrêtée, et c'est un malheur terrible. Mais cela ne nous interdit pas de continuer à vivre. Et moi, je veux pas crever comme vous !

Sa mère se remet à pleurer. Elle n'oppose pas de résistance quand son mari l'enlace et la guide vers l'intérieur.

— Mes parents ont souhaité une crémation. Ils ne supportaient pas l'idée d'enfermer Mona sous terre. Ses cendres ont été dispersées.

Diego encaisse. Il s'apprête à lui demander où s'est déroulée la dispersion quand un mouvement dans la rue attire son attention. C'est un groupe de cinq ou six personnes qui approche.

— T'es sûr qu'il est là ? lance un homme.

— On va saigner le meurtrier de ta sœur ! hurle un autre.

Quand les premiers franchissent le portillon, Diego reconnaît aussitôt Alex à leur tête. Celui qui se tient derrière lui a une batte de baseball à la main, qu'il exhibe ostensiblement.

— C'est ma mère qui a dû les prévenir, souffle Vic.

Vous écoutez Radio Fréquence Plus, la radio qui vous fait vivre l'information comme si vous y étiez.

Ce soir, nous voulions entendre les parents de Diego Abrio. Mais ceux-ci ont refusé de répondre à nos questions. Aussi nous allons donner la parole aux auditeurs. Entre le relâchement de Diego Abrio, qui donne du fil à retordre à ses poursuivants, la fuite de Dennis Yter, qui vient de franchir le cap des vingt jours, et le lynchage, hier soir, d'Ève Alcid, les sujets sont nombreux.

Pour commencer, nous accueillons Bruce. Bruce, bonsoir. Quel âge avez-vous?

— J'ai trente-trois ans.

Vous voulez réagir sur une de ces affaires, n'est-ce pas?

— Oui.

Nous vous écoutons. Allez-y.

— Eh bien moi je trouve que ce relâchement c'est pas bien.

C'est-à-dire? Expliquez-nous votre point de vue, Bruce.

— On devrait avoir des informations en temps réel sur les relâchés, pour savoir où ils se trouvent. Ça laisserait plus de chances à tout le monde de les trouver. Voilà. C'est tout ce que je voulais dire.

Merci, Bruce. Je rappelle que cette procédure de relâchement a fait l'objet d'âpres discussions et que le débat a été très tendu entre partisans et opposants à cette mesure. Il fallait trouver un équilibre. Les appels d'opposants au relâchement sont d'ailleurs très nombreux ce soir. Mais comme ce n'est pas l'objet de cette émission, nous avons décidé de ne pas les prendre à l'antenne. J'accueille maintenant Patty. Bonsoir Patty, quel âge avez-vous?

— J'ai dix-neuf ans.

Que pouvez-vous nous dire sur les cas que j'ai évoqués en début d'émission?

— Euh... pas grand-chose, je sais pas... Je n'ai rien contre eux.

Alors pourquoi nous avez-vous appelés?

— J'ai appelé parce que ma petite sœur, Iris, me manque terriblement. Elle n'avait que douze ans quand elle est morte. Son agresseur s'appelle Marc Bardys. Son compteur vient de passer le seuil des deux millions de clics. Et je voudrais qu'il grimpe encore. Alors je lance un appel à tous les auditeurs.

Patty, je suis obligé de vous couper car notre antenne n'est pas le lieu pour ce genre d'appel. Nous allons prendre un nouvel auditeur. Gil, vous êtes avec nous?

— Oui. J'appelais pour prévenir que sur Internet on signale que Diego Abrio vient d'être repéré.

15

MERCREDI, 20H53

Alex s'arrête à trois mètres de lui et évite de croiser son regard. Il porte une casquette noire sur laquelle sont brodées les initiales d'une équipe de baseball. Comme Vic, il a changé. Il semble avoir définitivement quitté sa peau d'adolescent. Sa barbe noire et fournie lui donne un air dur. Sa stature, plutôt frêle dans son souvenir, est imposante. Est-ce le chagrin qui l'a fait mûrir si vite ? Diego frémit. Le passé qui, jusque-là, lui revenait par bribes, l'assaille de toutes parts.

Dès l'instant où Alex a franchi le portail, l'air s'est chargé d'une tension nouvelle. Puissante.

Soudain Alex accroche son regard et secoue la tête en l'examinant avec attention.

— Tu n'aurais jamais dû revenir ici, lâche-t-il d'une voix grave, faussement posée.

— Je regrette tout ce qu'il s'est passé. C'est ce que je suis venu dire à tes parents, à ta sœur et à toi.

Alex secoue la tête puis éclate d'un rire sonore qui sonne faux.

— Tu regrettes ce qu'il s'est passé ? Mais c'est trop tard. Les regrets, ça ne sert à rien. Ça ne répare pas les fautes qui ont été commises. Ça ne rend pas la vie aux gens.

Derrière lui, les types qui l'accompagnent approuvent.

— On n'aurait jamais dû prendre la voiture.

— « On » ? le reprend Alex. Mais c'est toi qui étais au volant. Toi seul !

— Oui, c'est vrai. Et j'assume. Je ne cherche pas à me défiler. Je dis juste qu'on n'était tous plus très clairs et qu'aucun de nous n'a eu la lucidité de stopper tout ça.

— Te laisse pas embobiner, réagit un des gars.

Diego observe Alex qui ne bronche pas, puis reporte son regard sur celui qui vient de parler.

— Faut buter ce salaud, lance ce dernier.

Des murmures d'approbation parcourent le groupe.

Diego se raidit. Un éclair fulgurant foudroie ses pensées. Il imagine l'alerte qui s'affichera bientôt sur tous les écrans :

Diego ABRIO

Homicide volontaire

22 ans

Justice a été rendue ce jour à 21 h 07

La panique le gagne, mais ils ne doivent pas le sentir. Aussi il les fixe tour à tour. Au moindre signe d'Alex, ils lâcheront leurs coups, avec la bonne conscience de ceux convaincus d'appartenir au camp du bien.

Diego décide de se concentrer sur Alex, et sur personne d'autre que lui. Il doit continuer à s'expliquer. Pour l'apaiser, ou seulement pour gagner du temps ? Il ne le sait pas, et n'a pas d'autre arme que ses mots. Face à lui, Alex ressemble à un roc.

— Tu te souviens de Jules ? demande-t-il.

Pris au dépourvu, Diego bredouille un oui maladroit.

— Cinq semaines de coma, ça te parle ?

Le ton d'Alex est méprisant.

— Eh bien il s'en est sorti, poursuit-il. Il est vivant. On pourrait tous s'en réjouir. Lui ne voit pas les choses de la même manière. Il a eu tellement honte de son élocution et de sa démarche de handicapé qu'il a préféré rompre. Il ne voulait pas être un poids pour moi. Il refuse mon aide. Depuis, il vit enfermé chez ses parents.

Diego fouille dans le brouillard alcoolisé qui déforme les souvenirs de cette fête et de l'accident. Il veut y trouver un détail – pas quelque chose qui le disculperait, non, il n'y a rien, mais quelque chose qui lui redonnera un semblant d'humanité aux yeux du frère de Mona.

— Il n'y a pas un jour où je ne pense pas à tout ça. J'aimais ta sœur. Je l'aime toujours.

— Ne parle pas d'elle au présent ! réagit Alex. Mona est morte ! Tu l'as tuée !

La virulence de sa réaction provoque le désarroi de Diego.

— Son souvenir m'appartient aussi, murmure-t-il pour lui-même mais assez fort pour que sa réponse soit perçue.

Alex réagit au quart de tour. Son regard devient lourd. Il fait un pas en avant, main tendue pour lui attraper le poignet. Diego recule d'un pas, sans geste brusque, pour ne pas déclencher la bagarre.

C'est ce qui arrive pourtant. En une fraction de seconde, Alex est sur lui. Les autres lui emboîtent le pas. Alex serre son cou avec son bras en le forçant à se pencher en avant dans une misérable prosternation. Puis il pivote pour le présenter à sa meute.

— Enfoiré !

— On va lui défoncer sa gueule !

— Il va avoir ce qu'il mérite !

Diego a du mal à respirer. Sa tête va exploser. Avec le peu de lucidité dont il dispose encore, il arme ses bras restés libres. Un coup, peut-être deux : c'est tout ce qu'il pourra asséner. Il ne doit pas hésiter. Face à lui, la meute n'attend qu'un signe de son chef pour bondir. Ensuite, il n'aura plus aucune chance.

— Il doit souffrir, autant qu'il vous a fait souffrir ! lance une voix féminine.

Il ne distingue que les jambes de cette fille et détaille ses rangers dont un des talons martèle le sol.

Il reçoit un crachat. D'elle, ou d'un autre ? Qu'importe. Il voudrait interpeller Vic, la seule qui ait tenté de comprendre ses remords, mais il ne peut ni bouger ni prononcer le moindre mot. Est-elle encore là ? Il est impuissant, seul, sans énergie. Il accepte sa fin. La chaleur que dégage la meute, ainsi que son odeur âcre et étouffante, vont finir de l'asphyxier.

Il reçoit une première claque, un coup sur le haut du crâne, puis un coup de pied dans le tibia. La fête commence, se dit-il. Un poing frappe son visage. Il entend craquer son arcade sourcilière, puis son nez. Le sang coule dans sa bouche.

Son sang.

— Pas ici ! hurle Vic.

Le déchaînement vengeur cesse.

— Vous ne pouvez pas faire ça ici, poursuit-elle. La mort est déjà trop présente chez nous ! Alex, s'il te plaît.

Son frère dénoue son étreinte. Diego aspire une grande goulée d'air avant de se redresser en se massant la nuque. Il porte une main à son nez qui pisse le sang. Autour de lui, le monde semble s'être figé. Dans la rue, il aperçoit quelques curieux qui s'agglutinent.

— Avance ! lui ordonne Alex en le poussant fermement.

Diego n'a d'autre choix qu'obéir.

Derrière lui, il entend Alex parlementer avec le groupe sur le choix du meilleur endroit pour en finir. En pleine rue ? Dans le parc voisin ? Pourquoi ne pas se rendre sur le lieu où s'est déroulé l'accident de voiture ?

Ils ont marché une vingtaine de mètres à travers le jardin. Profitant d'un échange un peu vif entre son frère et ses gars, Vic se penche vers Diego.

— Au fond, il y a un petit portillon, et derrière un chemin en pente assez abrupt qui mène à une zone industrielle. Au lieu de foncer tout droit, file à gauche. Tu tomberas sur un ruisseau. Suis son cours jusqu'au pont, et cache-toi dessous.

Elle s'éloigne déjà.

Helena Pour une Justice Équitable

Ne laissons pas la haine l'emporter. Diego Abrio a été condamné. Il doit pouvoir payer sa dette à la société en purgeant sa peine. Une condamnation ne doit pas se transformer en vengeance.

19:53 ♥ : 11 : 4 : 3

Réponses :

Demain_meilleur *@Helena Pour une Justice Équitable*

Le monde dans lequel nous vivons me fait de plus en plus peur. L'excès et la haine ne peuvent pas servir à régler les problèmes.

19:54

Ethan_25 *@Helena Pour une Justice Équitable*

Oui, on doit revenir à un monde plus apaisé. L'émotion ne doit pas être le moteur de nos actes.

19:55

Gun_27 *@Helena Pour une Justice Équitable*

Eh, les Bisounours ! Jetez plutôt un œil à son casier judiciaire et à son dossier scolaire.

Votre type a déjà été condamné à une peine avec sursis pour détention et revente de cachets d'acide. Et il s'est fait virer de son lycée pour être arrivé bourré en cours. OUVREZ LES YEUX AU LIEU DE VOUS APITOYER !

19:59

16

MERCREDI, 21H18

Diego aperçoit le portillon à l'arrière du jardin, enchâssé dans une végétation fournie qui obligera le groupe à le franchir à la queue leu leu. La proposition de Vic ne ressemble pas à un piège, mais il doit demeurer sur ses gardes ; toujours douter, et rester prudent. C'est ce qui lui a permis de survivre à la prison.

Vic marche un bon mètre devant lui. Il se raccroche à sa silhouette. L'espoir qu'elle lui offre est ténu. Mais il n'a que ça. Aussi, comme elle le lui a soufflé, il va filer sur la gauche, au moment venu, jusqu'au ruisseau qu'il descendra jusqu'au pont. Quand ? Comment ? Il ne le sait pas.

Alors qu'ils approchent du portillon, une clameur monte de la rue. Devant la maison, c'est un mélange de voix, de voitures qui pilent, de portières qui claquent.

— Il est aussi à nous ! clame une voix.

Alex s'énerve.

— Quel est le con qui a diffusé l'info ?

Dans ses rangs, le silence se fait.

— C'est une propriété privée ! prévient-il les nouveaux venus. Si vous franchissez ce portail, j'appelle la police.

Des voitures continuent d'arriver. L'une d'elles déverse une musique tapageuse par ses vitres ouvertes, rapidement couverte par un concert de klaxons. Les menaces d'Alex ne servent à rien. Quand Diego se retourne, les premiers sautent déjà par-dessus le portail. Rien ni personne ne pourra les arrêter.

Alex le pousse plus fort dans le dos. Vic ouvre le portillon et s'efface pour le laisser passer. Il cherche à croiser son regard, en quête d'une indication, mais ne le trouve pas. Face à lui, il n'y a que la nuit. Son alliée. Et son ennemie. Un autre monde. S'il rate sa sortie, c'en sera fini pour lui.

Il serre ses poings et bande ses muscles pour stimuler son corps. Il fait un premier pas hors du jardin, cligne plusieurs fois des yeux pour tenter de les accoutumer à l'obscurité. Il devine des arbres, puis sent la pente sous ses pieds. Il n'écoute pas les invectives qui fusent dans son dos, il ne cherche pas à comprendre ce qui se joue entre les différents groupes. Mais certains ont l'air d'en venir aux mains.

Il hésite. Maintenant ? Ou plus tard, quand la confusion aura grimpé d'un cran ?

Soudain, Vic pousse un hurlement puis il l'entend tomber. Est-ce un signal ? Diego veut croire que oui. Il s'élance dans la pente, d'abord droit devant puis, dès qu'il trouve un appui plus solide, il oblique vers la gauche, bras repliés devant le visage pour se protéger.

— Cet enfoiré est en train de se tirer !

— Là ! En bas ! Droit devant !

— Oui, il est presque en bas.

Diego a reconnu cette voix. Vic. Il murmure un merci qu'elle n'entendra pas.

Au-dessus de lui, des hourras remplacent les tensions.

— La chasse est ouverte ! hurle quelqu'un.

— Que le meilleur gagne ! braille un autre.

En bas, d'autres voitures freinent brusquement. Tout ce que la ville compte de chasseurs et de justiciers converge ici.

Le sol s'enfonce sous ses pieds. Il avance presque à l'aveugle. Les arbres ne sont que des silhouettes fantomatiques. Les broussailles forment des pièges qui ne demandent qu'à l'attraper. Un bourreau chassé par des bourreaux… Diego évacue cette idée. Il doit rester vigilant. Il ralentit l'allure. Plutôt que de vouloir fuir au plus vite, il doit feinter pour les semer. Sa chance est qu'ils vont tous se précipiter dans une chasse désordonnée. Ils ne sont pas près d'organiser un ratissage rigoureux et systématique du terrain. Chacun veut décrocher le trophée. Peut-être se battent-ils encore entre eux.

Cette course-poursuite est à l'image de sa vie ; un passé qu'il voudrait oublier, mais qui le rattrape sans cesse.

Les chasseurs sont-ils à ses trousses, tout près ? Ses pas et sa respiration saccadée couvrent les bruits. Il pense un instant s'arrêter pour écouter, mais ce serait prendre le risque d'être rejoint. Mais ils peuvent surgir de toutes parts. Alors, au cas où il se retrouverait face à un de ces lyncheurs, il garde les poings serrés – arme dérisoire, mais il n'a rien d'autre. Quand la pluie se remet à tomber, le sol devient très glissant. Il chute, mais parvient à se raccrocher de justesse à une branche pour ne pas dévaler la pente. Il se redresse, cesse de respirer et écoute : rien. Soudain, le long et puissant faisceau d'une lampe torche apparaît à une trentaine de mètres derrière lui. Ainsi équipé, son poursuivant progresse vite et n'aura aucun mal à le repérer. Diego bondit derrière le tronc d'un chêne suffisamment large pour le dissimuler. Il n'a d'autre choix que de se cacher là et attendre… que l'autre passe plus loin, ou bien juste à côté, lui offrant ainsi l'avantage de la surprise pour l'attaquer.

Le dos plaqué contre l'écorce de l'arbre, il sent sa rugosité sur sa peau à travers le tissu. Derrière la lampe torche, il doit s'agir de Gun_27. S'il veut trouver la force de lutter contre elle, il doit la haïr. Il se remémore les photos de Gun_27 sur son profil, sa mise en scène au stand de tir. C'est elle qui tient la lampe torche, elle qui le traque, elle qui ne voit en lui qu'une proie.

Diego sent son estomac se rétracter, son ressentiment grimper d'un cran. Il est sur la bonne voie. Il repense à tous les commentaires agressifs, si virulents que leur souvenir suffit à le faire frémir. Gun_27 est une ordure assoiffée de sang. Mais Gun_27 doit être une fine tacticienne. Il va l'attendre ici, sans bouger, et la surprendre. Il revoit le couteau qu'il a aperçu à sa ceinture peu après son relâchement. C'est de lui qu'il devra se méfier. La lampe dans une main, le couteau dans l'autre… Là, il se sent devenir un animal – un animal au sang froid qui jaillira, le moment venu, pour asséner les coups nécessaires. Il s'accroupit en veillant à ne pas faire dépasser ses épaules de la largeur du tronc et cherche à tâtons une branche au sol. Il n'y a que de la mousse et des feuilles mortes. Sans armes, il reste impuissant. Un élan de panique le saisit. Il aurait dû filer. Soudain, le faisceau éclaire un tronc juste devant lui, puis un autre, s'éloigne, revient, file de l'autre côté. Son poursuivant balaye le lieu de droite à gauche.

Diego est en mauvaise posture, pris au piège de ce chêne.

Quand le faisceau balaye de nouveau la zone, il aperçoit une grosse branche au sol, à deux mètres, sur le côté. Voilà l'arme qu'il lui faut ! Mais pour l'attraper, il devra se mettre à découvert. Il attend que le faisceau repasse et se met à compter lentement. Un. Deux. Trois. Quatre. Cinq. À six, il revient. Diego compte encore. Un. Deux. Trois. Quatre. Cinq. Le faisceau éclaire de nouveau l'endroit. Cette régularité est sans aucun doute sa chance. Il va la saisir, se tient prêt, prend une profonde inspiration. Un. Il bondit et se jette sur la branche. Deux. Il la saisit. Trois. Il esquisse un rapide mouvement de recul. Quatre. Il regagne sa place. Cinq. Il se redresse. Le faisceau est de nouveau là. Mais cette fois, il s'attarde. Sans doute Gun_27 a-t-elle entendu quelque chose. La lumière fouille l'endroit, part un peu plus loin, revient aussitôt, inspecte et passe au crible chaque recoin, à la recherche d'un indice. Diego tend l'oreille. Plus aucun bruit. Soit le chasseur est loin, soit il s'est immobilisé.

Soudain, un craquement tout proche le fait sursauter. Le cœur de Diego tape dans ses tempes. Il serre la branche à deux mains. La lève devant lui. Gun_27 n'est plus qu'à une dizaine de mètres. Il fixe son attention sur les pas. Lents. Prudents. Gun_27 est sur le qui-vive. Diego concentre sa rage dans les muscles de ses bras et inspire lentement. Il n'aura pas de deuxième chance.

Quand il aperçoit le bout de la torche, il abat sa branche à l'horizontale et atteint Gun_27 en pleine poitrine. Il entend un râle étouffé. La lampe tombe au sol. Mais le couteau ? Diego brandit la branche et frappe une nouvelle fois de toutes ses forces. Le bois craque et se rompt. Il bondit sur le côté pour éviter un retour, lui décoche un coup de pied qui atteint son but, mais Gun_27 saisit sa cheville et le pousse vers l'arrière. Diego ne peut éviter la chute. Il s'écrase sur le dos. L'autre bondit sur lui. Il roule sur le côté pour l'éviter. Au sol, la torche éclaire la scène en un effet rasant. Il la saisit, la braque sur son chasseur. Ce n'est pas Gun_27. Son poursuivant est un homme, plus jeune que lui, qui lève les mains.

— Si tu cries, je te tue, annonce Diego. Tu es armé ?

L'autre fait non de la tête. Il pue la trouille.

— Couche-toi sur le ventre.

Le type s'exécute. Loin de sa meute, il n'est qu'une petite chose apeurée.

Diego défait sa ceinture et lui noue les mains dans le dos avec. Il bourre ensuite sa bouche de feuilles mortes, de mousse, et retire son tee-shirt pour en faire un bâillon. Il vérifie le lien et préfère le serrer d'un cran supplémentaire. Le garçon gémit de douleur.

Braquant le faisceau dans ses yeux, il prend une photo avec son portable.

— Si tu bouges ou si tu cries, je la diffuse sur les réseaux et tes copains se foutront de ta gueule les dix prochaines années. C'est compris ?

Le gars acquiesce.

Diego se relève, dirige la lumière aux alentours, tente de mémoriser la configuration du terrain puis il éteint la lampe torche. Il part à gauche, remonte la pente, revient en arrière, avant de descendre. Il doit brouiller les perceptions du garçon attaché. À plusieurs reprises, il lance des bouts de bois ou des cailloux dans différentes directions avant de reprendre sa marche le plus discrètement possible. Cette victoire le regonfle. Il aurait besoin de hurler pour évacuer tout le stress accumulé. Plus tard, se dit-il.

Enfin, il parvient au ruisseau, distingue son eau qui lui paraît encore plus sombre que la nuit qui l'entoure, puis saute dedans et marche dans le sens du courant pour atteindre le pont indiqué par Vic.

Extrait de l'interrogatoire de Diego Abrio, lors de sa garde à vue

– Je voudrais que l'on revienne sur les minutes qui ont précédé le départ de la fête. Quelle heure était-il ?

– Je vous l'ai déjà dit. Il devait être 3 heures ou 4 heures du matin.

– Qui a pris la décision de partir ?

– Mona était fatiguée. Elle voulait qu'on rentre.

– Fatiguée comment ? Elle avait bu ? Fumé ?

– Oui.

– Plus que vous ?

– Non, j'en sais rien. On ne tenait pas de comptes.

– Avez-vous été les premiers à partir ?

– Non. D'autres sont partis avant nous.

– Combien ?

– J'en sais rien ! À quoi ça rime, toutes ces questions ?

– Ceux qui sont partis avant vous, avaient-ils aussi bu et fumé ?

– Comment voulez-vous que je le sache ? Je suis pas leur mère !

– Leur mère, non, mais vous êtes leur ami.

– ...

— Est-ce que quelqu'un a cherché à vous retenir pour vous empêcher de prendre le volant ?

— ...

— Répondez à ma question : Est-ce que quelqu'un a cherché à vous retenir pour vous empêcher de prendre le volant ?

— J'étais en état de conduire !

— Ce n'est pas la question que je vous pose. Répondez-moi.

— Oui.

— Oui quoi ?

— Oui, quelqu'un m'a dit que je ne devrais pas conduire.

— Qui était-ce ?

— Je ne sais plus.

— Pourquoi cette personne vous a-t-elle déconseillé de prendre le volant ?

— Elle pensait que j'avais trop bu.

— Et ce n'était pas le cas ?

— ...

— Que lui avez-vous dit, alors ?

— Que ça allait, que je me sentais bien.

— A-t-elle été la seule à tenter de vous empêcher de monter dans la voiture ?

— Je ne sais plus !

— Nous, on le sait. D'après les témoignages, tous concordants, il y a eu au moins trois personnes qui ont tenté de s'interposer. Et vous les avez toutes repoussées.

17

JEUDI, 1H25

La voûte en pierre du petit pont constitue un refuge sous lequel il s'est abrité. Au début, Diego l'a considérée comme une pierre tombale mais quand il a perçu le léger vrombissement d'un drone, il l'a prise pour une solide protection. Si le drone mouchard vole la nuit, c'est qu'il est équipé d'une caméra infrarouge. La lutte est inégale. On ne lui a pas dit, lors de la procédure de relâchement, que le jeu était pipé d'avance, qu'il était quasiment impossible de s'en sortir vivant.

Diego perçoit au loin les cris et les aboiements. Ils sont des dizaines de dingues, peut-être plus, à fouiller les alentours. Jusque-là, personne ne s'est approché de son refuge. La pluie, qui n'a pas cessé de tomber, a sans doute effacé ses traces et réduit à néant les efforts des chiens pisteurs.

Le drone a été la seule alerte sérieuse.

De la voûte tombent incessamment des gouttes, qui ruissellent sur lui et ont fini par le tremper. L'endroit est traversé par un courant d'air glacé et humide.

Transi, Diego grelotte. Pour lutter contre le froid, il s'est recroquevillé tout à l'heure sur une dalle étroite mais, pour conserver l'équilibre, il est obligé de garder un pied dans l'eau.

Il repense au type qu'il a ligoté : sa situation est pire que la sienne. A-t-il réussi à se libérer, ou des chasseurs l'ont-ils trouvé ? Si tel est le cas, pour éviter de passer pour un lâche ou un faible, il a dû leur dresser un portrait de lui proche de celui d'une bête féroce. Quand ils l'ont questionné sur sa fuite, peut-être a-t-il donné une direction erronée, de peur qu'on le retrouve et qu'il diffuse sa photo sur les réseaux.

Combien de temps Diego va-t-il devoir rester ici ? Du moment qu'il quitte cet endroit avant 19 heures…

En prison, il a vite appris à ignorer le temps, à le laisser filer sans qu'il atteigne sa patience ou provoque la moindre émotion. « Tu veux un conseil ? », lui avait dit un homme lors de sa première promenade dans la cour, juste après son incarcération. Les rides profondes qui creusaient son visage et ses cheveux blancs épars trahissaient son âge. Diego avait hésité à répondre puis, méfiant, il l'avait invité à poursuivre. « L'homme craint le temps, mais le temps craint le néant. En prison, tous ceux qui se mettent à compter les heures ou les jours, les mois ou même les années, deviennent fous… Même ceux qui ont un casier judiciaire chargé », lui avait-il dit en le regardant droit dans les yeux. « Alors on fait comment ? »

avait demandé Diego. Le vieux avait souri, comme s'il avait trouvé la question naïve. « Est-ce que ça viendrait à l'idée de quelqu'un de compter le nombre de litres d'eau de la rivière qui passent devant lui ? » avait-il répondu avant de s'éloigner. Diego n'avait plus jamais discuté avec « le vieux fou », comme l'appelaient les autres. Il se limitait à donner ce conseil à tous les nouveaux venus. Ensuite, il les ignorait.

Le vieux était mort d'une pneumonie quelques semaines plus tard. Dès ce jour, il avait appliqué son conseil, et laissé filer le temps sans jamais chercher à le mesurer. Aujourd'hui, ses réflexes de détenu reprennent le dessus : ne pas mesurer ; ne pas compter ; ne pas chercher à ralentir ou à accélérer le temps, pour ne pas s'épuiser davantage.

Il enfouit son visage dans ses bras et ferme les yeux. Il essaie de ne pas penser non plus. S'il veut survivre, il doit se vider la tête, la purger de tout questionnement et de toute réflexion, viser le néant. Par moments, il jette un rapide coup d'œil autour de lui pour savoir où en est la nuit.

Soudain, un bruit l'arrache en sursaut au sommeil. Il tend l'oreille, ne distingue que le murmure de l'eau qui coule amplifié par la voûte. Puis il perçoit des pas. On vient vers lui.

Il s'agit de pas isolés… Il n'y a qu'une seule personne. Il sort son pied de l'eau, cherche un appui pour bondir à gauche ou à droite en fonction de la menace.

— Diego ?

Vic ! C'est Vic. Cela ne suffit pas à le rassurer. Elle lui semblait sincère en lui proposant de fuir, mais il ne peut s'empêcher de douter. Après tout, il ne sait rien d'elle. Et si elle était de mèche avec son frère ?

— Tu n'as pas été suivie ?

Elle s'approche.

— Non. Ils sont loin. Ils te cherchent tous du côté de la zone industrielle. Ils sont maintenant une centaine, et ils fouillent chaque entrepôt.

Diego l'observe en silence. Elle poursuit.

— J'arrive tard. Mais c'était impossible de partir plus tôt, s'excuse-t-elle presque. Ils étaient partout. Tiens.

Elle lui tend un paquet de gâteaux.

— C'est tout ce que j'ai pu emporter.

Diego l'attrape, murmure un rapide merci. Il laisse fondre le chocolat sur sa langue et tapisser son palais. Le sucre lui redonne un peu d'énergie.

— C'est vrai que tu as déjà été condamné pour trafic et que tu as été viré de ton bahut pour alcoolisme ?

Saisi, il détourne son regard.

— Tu sors ça d'où ?

— Ça circule sur les réseaux sociaux. Réponds-moi, j'ai besoin de savoir.

— Qu'est-ce que ça changera ?

— Rien, dit-elle. Je veux juste savoir.

— Oui, tout est vrai. Ce sont des erreurs, qui me reviennent toutes en pleine figure. Qui n'a pas fait de connerie dans sa jeunesse ?

Elle laisse un moment la question en suspens.

— Moi, finit-elle par répondre en le dévisageant. Je pensais qu'être une fille parfaite consolerait mes parents.

Le silence reprend possession des lieux.

— Je ne te juge pas, lâche-t-elle enfin. Il était important pour moi que tu me répondes honnêtement.

— Merci pour ce que tu as fait tout à l'heure pour que je puisse fuir.

Elle soupire.

— Je n'ai jamais cru que la vengeance pouvait arranger la situation. Mais ne condamne pas mon frère. Il est aussi une victime de l'accident. Et il était très proche de Mona. On les appelait les jumeaux.

Ses mots sont des coups de poignard. Tout cela, il le sait, et elle le lui raconte comme s'il était un étranger à sa famille. Il ne dit rien, la laisse poursuivre.

— Depuis que Jules l'a rejeté, il s'est refermé sur lui-même. Il est devenu très solitaire. Quand il rencontre quelqu'un, ça ne dure jamais plus d'un mois ou deux. Il m'a confié une fois qu'il se sentait en décalage avec les autres, que plus personne ne pouvait vraiment le comprendre.

Une fois de plus, des sentiments contradictoires l'envahissent. Alex était prêt à le tuer. Pourtant, il ressent pour lui une forme de pitié sincère.

— Et toi, tu as quelqu'un dans ta vie ? demande-t-il à Vic.

Elle s'assoit à côté de lui sur la dalle, se penche en avant, ses avant-bras en appui sur ses cuisses.

— Non. Le malheur et le deuil éloignent les gens. Comme si cela pouvait être contagieux. Je ne...

Un coup de tonnerre l'interrompt.

— Tu m'emmèneras là où les cendres de Mona ont été dispersées ?

Vous écoutez Radio Fréquence Plus, la radio qui vous fait vivre l'information comme si vous y étiez.

L'étau se resserre-t-il autour de Diego Abrio? Cette question, nous la posons à Martin Home, notre envoyé spécial. Martin, pouvez-vous nous dire où vous vous trouvez?

— Je me trouve juste devant la maison des Goverts, qui se situe dans le quartier de la Butte, au sud de la ville.

Martin, avant de nous expliquer la raison de votre présence là-bas, pouvez-vous nous rappeler rapidement qui sont les Goverts, pour que ce soit très clair pour nos auditeurs?

— Oui, bien sûr. L'histoire de Mona Goverts a défrayé la chronique, il y a trois ans. La pauvre jeune fille est morte sur le coup dans un terrible accident de voiture... un drame affreux, qui a ému la population entière. Beaucoup se souviennent du sourire magnétique de Mona lors de sa prestation dans l'émission Un talent pour demain. Elle avait remporté la finale haut la main, grâce à une interprétation tout en sensibilité et en émotion, qui avait ému le public.

Sa voix, unanimement saluée à l'époque, la promettait à un bel avenir. En quelques heures, elle était devenue une véritable icône suivie par des centaines de milliers de fans sur les réseaux sociaux. Sa mort, quelques semaines seulement après sa révélation au grand public et sa victoire, a été un choc terrible pour tous ses fans. Elle a déclenché une puissante vague d'émotions, à la hauteur de l'horreur de ce drame. Un drame dû à l'alcool et la drogue. Le conducteur, Diego Abrio, n'était autre que le petit ami de Mona Goverts. Les fans de Mona Goverts ne lui ont jamais pardonné d'avoir d'abord nié être sous l'emprise de ces substances au moment de l'accident, ce que l'enquête a vite démenti.

Oui, un drame affreux que personne n'a oublié. Mais revenons aux faits du jour. Que se passe-t-il dans ce quartier tranquille?

— Diego Abrio a été relâché il y a trois jours. Jusqu'à présent, il a réussi à échapper à ses poursuivants. Mais ce soir, il s'est rendu au domicile des Goverts. Très vite, l'information a fuité sur les réseaux sociaux et nombreux sont ceux qui sont venus ici pour le lyncher, comme la loi sur le relâchement les y autorise. Profitant de la confusion, Diego Abrio a réussi à leur échapper. Ils sont des dizaines, à cette heure avancée de la nuit, seuls ou en groupe, à fouiller encore les alentours pour les retrouver.

J'ai bien entendu LES retrouver? Qu'entendez-vous par là? Que se passe-t-il? Martin, expliquez-nous la situation. Nos auditeurs sont comme moi. Ils veulent savoir.

— Oui. Dans cette affaire, le sordide s'ajoute à l'horreur puisque Vic Goverts, la jeune sœur de Mona, a... disparu! Sa mère vient de nous le confirmer. C'est une épreuve atroce pour toute sa famille, bien entendu. Les voisins aussi sont sous le choc. Je vous propose d'écouter l'appel lancé par sa mère, que j'ai enregistré il y a quelques minutes seulement.

« Je veux que ce monstre nous rende notre fille. Il a détruit une première fois notre famille. Pourquoi s'acharne-t-il ainsi sur nous? »

18

JEUDI, 6H25

Le scooter file à pleine vitesse vers l'est, où le ciel est en train de pâlir. Le soleil se lève. L'itinéraire emprunté par Vic et Diego n'est pas le plus rapide, mais le plus sûr.

L'air fouette le visage de Diego. À cette heure, les voitures sont peu nombreuses dans les rues. Sur la chaussée, des flaques luisent çà et là dans la lumière du phare. Quand le scooter en traverse une, de grandes gerbes d'eau jaillissent de part et d'autre du deux-roues. Il voudrait dire à Vic d'accélérer davantage pour mettre le maximum de distance entre ses poursuivants et eux, mais il se tait. Par moments, la fatigue trouble sa vue. Comme il a peur de tomber, il s'est accroché à la taille de Vic. Pour éviter de poser ses mains sur son ventre, il les tient liées l'une à l'autre devant elle.

— Ça va ? lui demande-t-elle par-dessus son épaule tout en jetant un coup d'œil dans le rétroviseur pour vérifier qu'ils ne sont pas suivis.

— Oui, ça va.

Il ment. C'est une habitude qu'il a prise en prison, où celui qui montre ses faiblesses est foutu. Il y aura forcément quelqu'un pour en profiter. Parviendra-t-il un jour à être de nouveau lui-même ?

Elle pousse un peu plus les gaz, accélère, ralentissant à peine dans les virages.

Ils quittent la ville, laissent derrière eux les dernières maisons. En suspension dans l'air, des gouttes d'humidité captent le soleil naissant et les champs autour semblent recouverts d'immenses tapis lumineux. Une légère brume s'accroche par endroits à la terre. Les nuages n'ont pas disparu. Ils sont encore nombreux. Menaçants.

— On approche, le prévient-elle en engageant le scooter dans une montée.

La colline qu'ils gravissent est couverte d'un bois dense dont les arbres élevés emprisonnent la fraîcheur et la pénombre. Diego frissonne. Pourquoi les parents de Mona ont-ils choisi cet endroit pour disperser ses cendres ? Il tente d'imaginer le bois par un jour de beau temps, alors que la chaleur écrase la plaine.

Le virage suivant est une épingle à cheveux. Le moteur du scooter peine en rugissant, tant la pente est raide. Une centaine de mètres plus loin, Vic ralentit, négocie prudemment l'instant où sa roue avant quitte le bitume pour rouler sur la terre. Ensuite, ils empruntent un chemin cabossé qui serpente dans le bois. Diego retient sa respiration. Il a l'impression de pénétrer dans un temple. Bouleversé, il détaille les lieux.

Quand Vic coupe le moteur, il prend quelques secondes avant de descendre du véhicule.

— C'est ici ? demande-t-il.

— Non, un peu plus loin, mais le scooter ne pourra pas aller jusque-là.

Les eaux de pluie ont profondément raviné le chemin. Vic avance, à un mètre devant lui, sans un mot. Il aurait des milliers de questions à lui poser, mais il laisse le silence se prolonger. Qui était là le jour de la dispersion des cendres ? Qui portait l'urne ? Ont-ils versé les cendres de Mona sur le sol ? Les ont-ils confiées au vent ?

Après une centaine de mètres de marche, les arbres laissent la place à une prairie dont l'extrémité surplombe un paysage à couper le souffle. Une nouvelle vague d'émotions le submerge. Des larmes roulent sur ses joues.

— C'était l'endroit préféré de Mona, explique soudain Vic.

Diego ressent un pincement au cœur. Elle ne le lui a jamais montré.

— C'est ici qu'elle venait, toujours seule, quand elle avait le cafard ou que ça n'allait pas trop, poursuit Vic, comme si elle avait perçu son trouble.

De là où ils sont, ils dominent une plaine immense parcourue par un cours d'eau qui serpente au milieu des champs et des bosquets. Sur ce paysage façonné par l'eau et le vent, l'homme a tenté d'imposer sa marque. Les villages et les hameaux ne sont que des alignements de maisons qui, d'ici, ressemblent à des jouets d'enfants. Sur la voie rapide tout au fond, il aperçoit des véhicules minuscules mais aucun bruit, hormis celui du vent et des oiseaux, n'arrive jusqu'à eux. Cela lui rappelle les écrans des jeux vidéo qui consistent à développer des mondes ouverts, qui s'étendent à l'infini.

Diego s'assoit sur un rocher. Il ferme un instant les yeux. Il règne une impression d'éternité. Le paysage offre une douce sérénité et un sentiment de confiance dans l'avenir. Tout paraît tellement possible ou si dérisoire. Il comprend pourquoi Mona aimait cet endroit et la force qu'elle pouvait en retirer. Si elle ne lui en a jamais parlé, c'est que cela faisait partie de son jardin secret.

— C'est beau, murmure-t-il pour lui-même.

Il accroche son regard à la traînée laissée par un avion dans le ciel. Il s'interroge un instant sur sa destination, abandonne. Mona est là, pas ailleurs. Elle est cette immensité.

— Tiens, dit Vic. J'ai pensé que ça te plairait de l'avoir.

Diego reconnaît le foulard qu'elle lui tend. C'est un foulard qu'il a offert à Mona pour un de ses anniversaires. Rouge vif. Il ne le saisit pas.

— Je l'ai gardé en secret, lui explique Vic. Ma mère deviendrait folle si elle savait que je l'ai conservé et que je te l'offre. Elle a jeté tout ce qui reliait Mona à toi, même les photos où vous étiez tous les deux. C'est tout ce que j'ai réussi à sauver.

— Pourquoi tu fais ça ?

Elle prend une longue inspiration.

— Tu as été important dans sa vie. Elle t'aimait tant. Et j'en étais jalouse ! Je me demandais tout le temps si j'aurais, moi aussi, la chance de rencontrer un jour un garçon qui me fasse autant d'effet. J'avais peur que ce soit comme dans les contes de fées où il n'y a qu'un seul prince charmant.

Diego est si troublé qu'il ne sait quoi répondre. Elle poursuit :

— Tu n'as pas remarqué que c'est toujours le cas ? Que le prince choisit la plus belle, la plus intelligente et la plus gentille ? À croire qu'ils ont inventé ça pour convaincre les jeunes filles qu'elles doivent être des femmes parfaites si elles veulent trouver le grand amour. Beurk !

Mona, je ne sais pas si tu es là ou pas. Tu ne croyais pas à l'existence d'une forme de vie après la mort. Tu te moquais même gentiment de ceux qui y croyaient et tu n'arrêtais pas de répéter que c'était *ici, et maintenant,* que les choses se passaient. Tu ne te conformais pas. Tu ne voulais pas rentrer dans le rang, juste vivre ta passion : le chant, qui guidait ta vie et te maintenait dans l'instant. Jamais tu n'as élaboré le moindre plan pour la suite. *À quoi bon ?* disais-tu sans cesse. *Tout peut s'arrêter à chaque instant.* Étais-tu dotée d'une extralucidité qui te permettait de sentir ce qui est arrivé ?

Non. Je ne peux pas y croire. Car cela voudrait dire que tout était écrit et que mon rôle, sur cette Terre, se serait résumé à tout faire pour t'ôter la vie. Et cela amoindrirait ma responsabilité. Trop facile !

Quand je croise des couples comme celui que nous avons formé, toi et moi, je ne peux m'empêcher de me demander *pourquoi toi. Pourquoi moi.* Une demi-seconde a suffi à tout anéantir… une demi-seconde que *j'ai,* par ma connerie, provoquée.

Je suis simplement celui que personne ne mérite de rencontrer. Le destin n'est pour rien dans tout ça.

J'aimerais tant que tu te sois trompée et qu'il existe une forme de vie après la mort ! Je voudrais tellement croire que cet ailleurs existe et que tu y excelles dans ton art.

Quand je regarde ce paysage qui s'étend à l'infini, cet horizon où la terre et le ciel se mêlent pour ne plus former qu'un, j'ai sincèrement envie d'y croire. Je t'imagine heureuse, flottant dans les airs, te jouant des courants chauds ou froids, dans un bien-être absolu. Je repense à ton rire, je l'écoute s'élever mais il s'éteint contre le silence créé par ta disparition.

Ce constat me vrille la tête et le ventre. Je ne veux pas que mes souvenirs de toi se résument aux flashs de cette terrible nuit. Même si c'est ce que je mérite, je veux que tu vives, au moins, dans ma mémoire ; je veux garder les belles images, les bons moments, tout ce qui a fait que nous nous sentions heureux. Depuis l'accident, la vie n'est que cafard. Je voudrais tant pouvoir enfin évacuer ma douleur. Mais comment pourrais-je faire la paix avec moi-même ? Cette question me hantera jusqu'à mon dernier jour.

Je ne suis pas là pour me lamenter. Regarder mon nombril serait trop facile.

Cette écharpe en soie rouge qui ondule avec grâce dans le vent au bout de mon bras, je veux que ce soit toi. Oui, c'est toi, Mona. Pour toujours.

19

JEUDI, 16H28

Vic s'approche de Diego d'un pas vif, rompant le moment privilégié qu'il partageait avec Mona. Il pourrait lui en vouloir mais dès qu'il voit son regard grave, il comprend qu'il se passe quelque chose.

— C'est la merde, annonce-t-elle en brandissant son téléphone.

Diego contemple une dernière fois le paysage. La parenthèse va se clore. Il effleure l'écharpe, la caresse. Elle est si légère. Il imagine un instant la lâcher dans le vent, la suivre jusqu'à ce qu'elle disparaisse, mais ses doigts y restent accrochés. Il la plie rapidement et la range dans la poche de son sweat-shirt.

La journée a filé sans qu'ils s'en rendent compte. Hors du temps. Hors du monde. Ils ont peu parlé, se contentant d'être simplement là, ensemble, avec leurs souvenirs de Mona. Ils ont humé l'air, comme s'ils pouvaient sentir son parfum, caressé l'herbe, avec la même douceur que s'il s'était agi de sa peau, cherchant dans chaque chose sa présence.

— C'est la merde, répète-t-elle en s'approchant de lui. Partout on annonce que tu m'as enlevée !

Diego met une fraction de seconde à mesurer les conséquences de cette nouvelle. Il a envie de rire tant cela lui semble idiot, puis se ressaisit quand il réalise que plus rien le concernant n'est rationnel et que ceux qui le traquent sont prêts à inventer n'importe quoi pour exciter la meute des lyncheurs et l'anéantir.

— Depuis quand ? demande-t-il.

— Je n'en sais rien. J'avais coupé mon téléphone quand je suis partie te rejoindre cette nuit. Je viens seulement de le rallumer. Ma mère m'a appelée cent fois. Mon frère aussi, et mes amis. Ils ont tous relayé des posts faisant état de ma disparition, et de mon probable enlèvement.

Diego essaie de toutes ses forces de cacher la panique qui le saisit. Il cherche le moyen de reprendre ses esprits. Il se concentre un instant sur le contact de la soie sous ses doigts dans sa poche et parvient à réfléchir.

— Appelle vite tes parents pour les rassurer.

Vic écarquille les yeux, elle le scrute comme si elle avait affaire à un fou. Il ne comprend pas.

— Tu as entendu ? insiste-t-il. Tu dois appeler tes parents.

— Si j'appelle, ils sauront aussitôt où je suis. Rallumer mon smartphone a peut-être suffi à ce qu'ils me géolocalisent. Si c'est le cas, ils ne vont pas tarder à arriver. Mon frère, ses copains, et tous les autres !

Diego pousse un juron.

— Tu dois quand même appeler tes parents. Ils doivent être morts d'inquiétude.

Elle regarde son téléphone, hésite, fixe Diego puis de nouveau son téléphone, et l'éteint ostensiblement.

— Je vais bien, et il ne m'arrivera rien ! Je les appellerai plus tard. Et ils seront si soulagés qu'ils oublieront leur inquiétude.

— Quand ? s'inquiète Diego.

Elle réfléchit, la tête baissée.

— Quand tu seras à l'abri ! lâche-t-elle. Ici c'est trop dangereux. Ils te trouveraient très vite. Tu n'as pas de vivres, pas de provisions, pas d'arme non plus. Tu ne tiendrais pas plus de quelques heures dans cette forêt. On doit filer.

Diego renonce à la convaincre. Il sait qu'elle a raison. Il est épuisé physiquement et émotionnellement, il crève de faim et de soif. Et, dans quelques heures, le bracelet électronique à sa cheville le trahira de nouveau.

Ils quittent l'endroit au pas de course et empruntent le petit chemin qui les ramène au scooter. Diego l'aide à mettre le deux-roues dans le sens du départ. Elle démarre. Il a juste le temps de grimper à l'arrière avant qu'elle accélère.

Très vite, ils rejoignent la route. Vic est penchée en avant pour gagner en aérodynamisme dans les descentes. Diego fait pareil. Elle enchaîne les virages. Qu'est-ce qui peut lui traverser l'esprit ? Si elle fait tout ça pour lui, c'est qu'elle en a envie, ou bien besoin, et qu'elle n'est pas masochiste au point de se forcer à aider le meurtrier de sa sœur.

Il espère qu'il ne l'entraîne pas vers le malheur.

— Ça va ? hurle-t-elle par-dessus son épaule.

— Oui, répond-il.

Il s'en veut de ne pas lui avoir posé la question le premier. Sans doute est-il trop centré sur ses problèmes et sa personne. Peut-être est-ce cela qui l'a empêché de voir le signe annonciateur de la catastrophe ?

Alors que le scooter file sur une ligne droite, Diego repense à l'accident, à l'instant où, emporté par la vitesse excessive, il a perdu le contrôle du véhicule. Bien sûr qu'il n'aurait pas dû prendre le volant. Mais il n'avait pas bu plus que d'habitude. Il connaissait la route par cœur. Il s'en sentait capable. La liste infinie des arguments pour justifier sa défaillance.

On lui a bien conseillé de rester, chez Maxime ; il n'a écouté personne. Mona était fatiguée, tout comme lui. Et ils avaient envie de se retrouver tous les deux après avoir ramené Alex et Jules qui devaient, eux aussi, rêver de la même chose... se blottir l'un contre l'autre, sentir le contact de leurs peaux, le désir monter doucement et supplanter la fatigue pour les consumer de plaisir. Qu'aurait-il dû voir qu'il n'a vu ? Qu'aurait-il dû sentir qu'il n'a su sentir ? Qu'est-ce qui l'a rendu insensible à toute intuition du malheur ?

Vic double un tracteur et se rabat alors qu'un camion face à eux leur fait des appels de phares.

Pour la première fois depuis qu'il est sorti de l'hôpital avant la prison, il s'en remet complètement à quelqu'un pour le guider. Il ne sait pas si cela constitue un progrès ou une régression. Le fait est qu'à cet instant, il est, aux yeux de tous, un meurtrier *et* un kidnappeur. Ce nouveau délit va déclencher forcément haine et folie. Un pressentiment l'envahit. Il conduit Vic au malheur. Cette fois, il n'ignorera pas l'évidence. Il ne se le pardonnerait jamais.

— Arrête-toi ! lui commande-t-il en pressant sur ses épaules pour appuyer ses paroles.

Aussitôt le scooter décélère et Vic se range sur le bas-côté.

— Qu'est-ce qui t'arrive ?

Diego descend du deux-roues.

— À quoi tu joues ?

Il se tourne vers elle.

— Ceux qui me poursuivent sont de véritables tueurs. Ils veulent ma peau, ils veulent du sang. Et peu importent les dégâts collatéraux. Ça devient trop dangereux pour toi. Tu dois rentrer chez toi pour te mettre à l'abri et prouver à tout le monde que je ne t'ai pas enlevée.

Elle réfléchit un instant, jette un coup d'œil au tracteur qui les a rattrapés et les dépasse, puis reporte son attention sur Diego.

— Je vais appeler mes parents, okay. Mais je ne te laisserai pas tomber. Ton bracelet électronique va transmettre ta position dans à peine plus d'une heure. Commence à réfléchir au meilleur endroit où te trouver à ce moment-là.

Alors qu'elle sort son smartphone, il s'éloigne. Il n'entend rien de ce qui se dit mais il voit des larmes dévaler les joues de Vic, puis son poing se serrer et frapper le guidon du scooter.

Chasseur_solo

Meurtre. Enlèvement. Vous verrez que bientôt

on découvrira qu'il a violé la sœur !

Ce type est une ordure.

16 : 13 ♥ **: 6 867** **: 425** **: 149**

Réponses les plus récentes

Lynchage_maintenant *@Chasseur_solo*

Oui. Un putain d'enfoiré.

C'est dégueulasse ce qu'il fait !

LYNCHAGE MAINTENANT !

16 : 51

Ano51 *@Chasseur_solo*

Pas étonnant qu'il la viole !

Trois ans de prison. Il doit être en manque, le type !

16 : 53

No-More *@Ano51*

Rien ne peut justifier un viol !

16 : 54

***Ano51** @No-More*

Je justifie rien du tout ! Tu sais pas lire ou quoi ?
T'es débile ou tu le fais exprès ?

16 : 55

***No-More** @Ano51*

Le fait que tu puisses dire qu'il l'a violée
parce qu'il est en manque montre que tu considères
le désir masculin supérieur au désir féminin.

16 : 56

***Ano51** @No-More*

C'est toi qui devrais te faire violer par ce salaud.
Ça te ferait du bien. mdr

16 : 57

***Gilou_nature** @Chasseur_solo*

Le violeur doit crever ! Je ne laisserai ni ma sœur
ni ma copine sortir tant qu'il sera en vie !
J'offre une bière à celui qui le crèvera !

16 : 57

20

JEUDI, 17H51

— Comment va ta mère ? demande Diego.

Vic soupire en haussant les épaules.

— Elle est soulagée et… combative.

Il n'est pas étonné. Il sait que la mère de Mona a besoin de le haïr pour tenir debout. Il est prêt à endosser ce rôle.

— Tu devrais rentrer à la maison, dit-il. Ce n'est pas la peine de la faire souffrir encore.

— Je sais, lâche-t-elle. Elle me supplie de le faire. Elle a menacé de ne pas publier de démenti si je ne revenais pas à la maison.

— Et ?

— Elle le fera. Mais je vais le faire aussi. C'est plus sûr.

Elle regarde autour d'eux à la recherche du meilleur angle, puis tend son téléphone à bout de bras et déclenche la vidéo après s'être éclairci la voix.

— Bonjour, je m'appelle Vic Goverts. Je suis la petite sœur de Mona Goverts. Nous sommes le 16 septembre. Il est 17 h 54. Je suis libre et en pleine forme. Mon enlèvement est une rumeur, une fake news ! Jamais je n'ai été privée de liberté. Je répète : personne n'a jamais tenté de m'enlever. Personne ! Diego Abrio est à l'origine de l'accident qui a tué ma sœur. Mona me manque terriblement et mon chagrin est immense. Rien ne pourra me rendre ma sœur. Je suis convaincue que Diego l'aimait. Je voudrais lui pardonner. C'est tout. La vengeance est stérile. Alors, s'il vous plaît, arrêtez votre traque !

Diego sent le sang quitter sa tête et ses jambes pour affluer à son cœur qui bat à tout rompre. Les mots de Vic le bouleversent. Ils font chanceler tous les remparts qu'il s'est patiemment construits durant ces trois années de détention pour se protéger. Il l'observe alors qu'elle met la vidéo en ligne. Il voudrait croiser son regard pour lui adresser un clin d'œil complice, mais elle est concentrée. Quand elle relève la tête, il l'a rejointe. Il pleure. Il la prend dans ses bras et la serre contre lui. Il a peur, il est terrifié. Mais, l'espace d'un instant, il veut repousser tout cela au plus loin, s'autoriser une minute de paix sinon de répit. Il sait que la culpabilité le rongera toujours, avec la voracité de milliers de larves parasites à l'intérieur d'un tronc mort. Cela lui interdit-il de chercher à continuer à vivre ?

Depuis l'accident, les sentiments et les émotions l'ont déserté. Quiétude. Plaisir. Joie. Insouciance. Gaîté. Enthousiasme. Euphorie. Douceur. Tranquillité. Jouissance. Hilarité. Pour chacun, il convoque des images. Toutes appartiennent à un passé révolu. Toutes se raccrochent à Mona : un fou rire dans une salle de cinéma, l'empressement qui accompagnait leurs premières caresses, l'intensité des premiers mots après l'amour. Il tente un instant de s'en fabriquer de nouvelles en imaginant un futur, même lointain, mais il se heurte à un mur, au néant. Il est coupable et le restera toujours. Ses larmes redoublent. Elles coulent maintenant dans le cou de Vic. Elle s'écarte de lui. Il ne peut soutenir son regard et baisse les yeux. Le face-à-face silencieux dure d'interminables secondes. Elle finit par lui prendre la main, ne la lâche pas. Puis elle rallume son portable.

Elle lâche un *Putain* tonitruant.

— C'est vraiment qu'une bande de dégénérés !

Elle lui tend son téléphone. Après les premiers commentaires de soutien et de soulagement, des internautes doutent de la véracité de la vidéo qu'elle a mise en ligne. On la traite de menteuse, de traître ! Une internaute insinue qu'elle a été manipulée par son kidnappeur.

D'un geste vif, Vic récupère son portable et cherche le démenti officiel de sa mère. Elle finit par le trouver.

— Ça ne va pas recommencer, se lamente-t-elle en secouant la tête d'un air éperdu.

— Recommencer ? Qu'est-ce qui va recommencer ? la presse-t-il.

Elle esquisse une grimace et examine l'écran avec défiance avant de poser le smartphone sans délicatesse sur la selle de son scooter. Après un regard circulaire aux alentours, elle passe une main dans ses cheveux.

— Mona s'est fait descendre sur les réseaux sociaux après sa mort.

L'annonce de Vic lui fait l'effet d'un uppercut. Il pense d'abord avoir mal compris.

— Qui ?

— Des anonymes. Des gens à qui elle avait déplu. D'autres qui étaient sans doute jaloux de son succès.

La rage s'empare de lui.

— Qu'est-ce qu'ils lui reprochaient ?

Il sait qu'il ne devrait pas poser cette question, que les réponses de Vic vont le lacérer, mais il doit le faire : pour lui-même, mais aussi pour Mona dont il n'a pas pu défendre la mémoire à l'époque.

— Tout y est passé. Qu'elle n'avait eu que ce qu'elle méritait. Qu'elle était sans doute aussi saoule que le conducteur. Qu'à force de fréquenter n'importe qui, fallait pas s'étonner. Et je t'épargne toutes les insultes. C'était horrible, dégueulasse. Cela a duré des mois. J'ai tout fait pour effacer ce qui pouvait l'être, pour masquer tout ça à mes parents. J'ai même créé des faux comptes pour mettre des commentaires positifs sur ma sœur et tenter de nettoyer toute cette boue immonde. J'imprimais les commentaires les plus positifs pour les leur montrer. Je ne leur ai jamais parlé des autres. Ils ne l'auraient pas supporté.

— Et toi ?

Un sourire triste aux lèvres, elle tourne vers lui son visage marqué par l'amertume.

— C'est dur d'imaginer qu'on puisse tenir des propos si violents sur une personne qu'on a aimée et qui ne peut plus se défendre. Au début, je ne parvenais plus à sortir de chez nous car je voyais en chacun des gens que je croisais un des salauds qui insultaient ma sœur. Si je parlais ou si je souriais à quelqu'un, j'avais l'impression de trahir Mona. Et j'avais envie de tous leur arracher la tête.

Elle regarde de nouveau son écran et lâche un long soupir.

— Qu'est-ce que je te disais !

Elle lui montre son portable.

Soleil_noir

Cette fille devrait avoir honte de défendre le meurtrier de sa sœur. Ce qu'elle fait est dégueulasse. Elle tue sa sœur une deuxième fois.

18:11 ♥:164 ⧉:71 🗨:7

Diego se refuse à lire les réponses au commentaire. Un goût de bile envahit sa bouche.

— Tu dois rentrer chez toi, dit-il lentement.

Il attend sa réponse, qui ne vient pas. Avec son pouce, elle fait défiler les informations sur son écran.

— Tu devrais arrêter de lire ça, Vic. Tu te fais du mal pour rien. C'est juste des enfoirés. Des putains d'enfoirés qui n'ont rien compris.

Elle continue comme si elle ne l'entendait pas.

Sur la route, les voitures filent sans se préoccuper d'eux comme s'ils étaient dans une bulle d'invisibilité. Diego hésite à insister pour que Vic rentre chez elle car leur complicité naissante le porte, mais la raison est la plus forte.

— Tu dois aller retrouver ta famille. Il ne t'arrivera rien de bon si tu restes avec moi.

— Et toi, si on ne fait rien, il ne va rien t'arriver de bon tout court.

Diego fronce les sourcils. Elle le fixe droit dans les yeux.

— La chasse s'organise ! annonce-t-elle en lui montrant son smartphone. Les lyncheurs coordonnent leurs positions pour quadriller au mieux l'espace et intervenir dès l'annonce de ta localisation. Où que tu te trouves, ils veulent être sur toi en moins d'une minute.

Vous écoutez Radio Fréquence Plus, la radio qui vous fait vivre l'information comme si vous y étiez.

Le débat fait rage autour de Diego Abrio! Jamais un relâché n'a suscité tant de passions et cristallisé tant de haines. Il faut dire que nous vivons un scénario absolument inédit: un relâché qui parvient à tromper ses poursuivants, qui leur échappe et qui aurait kidnappé la sœur de sa victime. J'emploie, par prudence, le conditionnel. Aurait. Car nous venons d'apprendre que la jeune Vic serait libre. Elle a elle-même diffusé sur les réseaux sociaux une vidéo où elle affirme n'avoir jamais été kidnappée. Mais nous allons voir que ce démenti ne convainc pas tout le monde. Une nouvelle fois, le débat promet d'être chaud, chaud, chauuuuuud!

Nous accueillons Philippe. Bonjour Philippe. Dites-nous ce que vous pensez de cette situation.

— Euh... bonjour... Eh bien moi je trouve que vous, les médias, vous en faites trop. Si la sœur dit qu'elle est libre et qu'elle n'a jamais été enlevée, pourquoi faire ce genre d'émission si ce n'est pour entretenir le doute et faire monter l'audience?

Philippe, vous exprimez là votre opinion personnelle et nous la respectons. Mais vous allez voir qu'elle est loin d'être partagée par tous. Nous avons maintenant en ligne Lena. Bonjour Lena. Je crois que vous n'êtes pas du tout d'accord avec Philippe. On vous écoute.

— Oui. Peut-être que le relâché l'a forcée à dire un texte. C'est classique dans les vidéos des terroristes.

Lena, vous avez vu comme moi qu'elle pleurait. Vous pensez que le relâché l'aurait obligée à pleurer?

— Non, pas du tout. Elle pleure parce qu'elle a peur. Moi, si on me menaçait, je ne pourrais pas me retenir de pleurer. Faut pas oublier de quoi ce type est capable. Il a menti aux enquêteurs en disant qu'il n'avait ni bu ni fumé le soir de l'accident. S'il a menti, il est capable de tout. On ne peut pas lui faire confiance. Ceux qui veulent le lyncher ont raison, et ils rendront un grand service à la société!

Merci, Lena, de nous avoir confié votre sentiment. Nous allons prendre un nouvel appel. Walter. C'est bien ça?

— Oui, je m'appelle Walter. Moi, je crois que cette fille est devenue sa complice.

Vous y allez fort, Walter. Complice de quoi?

— Eh bé, je sais pas, mais on voit sur la vidéo que personne la force. Ça veut donc dire qu'elle est avec lui. Peut-être qu'il a réussi à l'embobiner, vous ne croyez pas?

RIRES.

Ah, Walter. Nous ne sommes pas là pour exprimer notre opinion, mais simplement pour vous donner la parole. Je vous rappelle que Radio Fréquence Plus est votre radio. C'est vous qui faites l'antenne avec vos avis et vos témoignages. Et nous ne vous remercierons jamais assez d'appeler si nombreux.

Avant de prendre en ligne de nouveaux auditeurs, je jette un œil à la pendule de notre studio. Il est très exactement 18 h 12. Dans un peu moins de cinquante minutes, le bracelet électronique de Diego Abrio transmettra de nouvelles données le concernant. J'imagine ceux d'entre vous, engagés dans cette chasse, prêts à surgir dès que nous connaîtrons sa localisation.

Diego ABRIO

Homicide volontaire

22 ans

Dangerosité : 3/10

Pouls : 131

Indice de Stabilité

Émotionnelle : 2/10

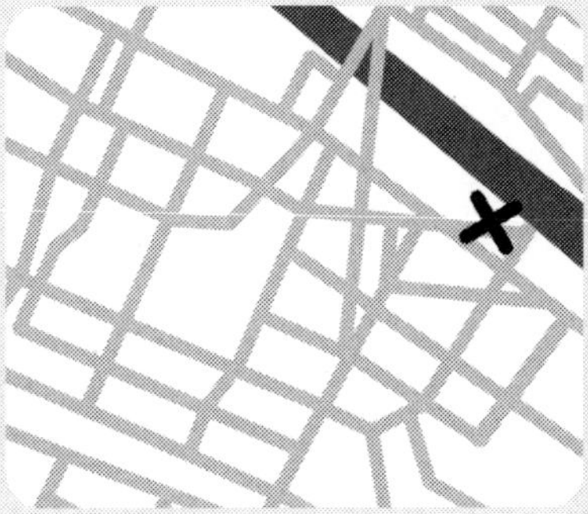

Alerte info :

Ruse ? Bug informatique ? Arrestation ? La position transmise aujourd'hui à 19 heures précises par le bracelet électronique de Diego Abrio le situe à l'intérieur du Palais de Justice, à l'endroit même où ce bracelet lui a été posé quand le juge lui a signifié son relâchement.

21

JEUDI, 18H47

Le compte à rebours martèle les secondes dans la tête de Diego. Depuis que Vic lui a relaté la stratégie de ses poursuivants, il se sent pris dans un étau dont les mâchoires impitoyables s'apprêteraient à le broyer. Dans quelques minutes, son bracelet électronique transmettra sa localisation et tout ce que cette ville compte de lyncheurs le traquera pour le mettre à mort, sans sommation. Cette fois, il ne leur échappera pas.

Il vit certainement les dernières minutes de sa vie. Ce constat l'étouffe. Sans savoir pourquoi, il imagine Karl, son ex-compagnon de cellule, suivre sa fuite éperdue sur le petit écran de télévision. Sera-t-il triste d'apprendre qu'il a été lynché ?

Il doit rester concentré. C'est sa seule et unique chance de s'en sortir. Il grimpe sur l'étroit muret devant lui et se redresse en écartant les bras pour se maintenir en équilibre. De chaque côté, il y a le vide…

l'équivalent de deux étages, au-dessus d'une rampe d'accès au parking souterrain. Diego refuse de regarder en bas. Il préfère se concentrer sur le mince ruban de béton qui s'étire devant lui. De part et d'autre sont posées des plaques de verre, qui ne suffiront peut-être pas à le retenir s'il venait à chuter. Sept ou huit mètres le séparent d'une petite plateforme sur laquelle il pourra reprendre son souffle. Le souffle court, il fait un pas, appuie la pointe de son pied sur le béton puis délicatement son talon, ramène l'autre tout doucement, le pose juste devant le premier, à la manière d'un funambule. Il ne peut plus reculer. S'il chute, ses poursuivants n'auront qu'à l'achever.

De la rue étroite par laquelle il est arrivé monte un bruit de pas. Les talons qui frappent le sol sont fins ; ceux d'une femme. Il est rassuré. Il fait un pas en avant. Les muscles de ses jambes sont durs comme du bois alors qu'ils devraient avoir la souplesse de ceux d'un chat pour amortir chaque faux mouvement. Soudain, il se met à tanguer. S'il ne se rétablit pas, il va chuter. Alors, sans réfléchir, il s'élance, vacille, se récupère en tordant son bassin sur la droite. Tout devient mouvant autour de lui. Une sirène résonne au loin. Six mètres. Cinq mètres. Il écarquille les yeux pour lutter contre le réflexe de les fermer, imagine que Mona est de l'autre côté et qu'il peut la sauver. Trois mètres. Deux. Un. Quand il se sent tomber, il prend une vive impulsion, s'élève légèrement dans les airs et atterrit sur la plateforme. Ses jambes tremblent. Il ne peut se retenir de rire.

18 h 50.

Il a perdu beaucoup trop de temps.

Il se dirige vers une petite fenêtre, retire son tee-shirt, entoure son poing droit avec puis donne un coup sec. Le mastic craquelé cède avant la vitre. Satisfait, Diego la retire et la pose à l'extérieur contre la gouttière. Il glisse sa tête par l'ouverture. Une odeur de détergent assaille ses narines. Il écoute. Le silence est total. La seconde d'après, il est à l'intérieur dans les toilettes. Il pourrait en profiter pour boire au robinet et éteindre le feu qui lui brûle la gorge, seulement il n'a pas le temps. Il n'a qu'une confiance relative dans son plan, mais il n'a pas le choix. Vivre. Ou mourir. Alors il n'a pas hésité longtemps.

Il s'approche de la porte, y colle l'oreille. Avec précaution, il tourne la poignée, entrouvre la porte, jette un coup d'œil à gauche et à droite. Le couloir est désert.

18 h 52.

Il respire lentement et tente de se rappeler la configuration des lieux. Il pique à droite, rase le mur comme si cela pouvait le rendre plus discret, puis file à pas légers. Dans sa tête, l'angoisse et la paranoïa se mêlent. Tout se déroule trop bien… À tout moment, il s'attend à ce qu'une alarme se déclenche mais rien ne se passe. Peut-être les capteurs de présence sont-ils directement reliés au commissariat ? Au-dehors, ses poursuivants, l'œil vissé à l'écran de leur portable, doivent trépigner d'impatience en comptant les minutes et les secondes qui les séparent de l'annonce de la position de celui qu'ils espèrent lyncher.

Au bout du couloir, Diego tombe sur une large cage d'escalier. Doit-il monter ou descendre ? Il tente de se remémorer le chemin parcouru deux jours plus tôt, avec les agents qui le poussaient en direction du bureau de la juge. Il espérait qu'en revoyant les lieux, sa mémoire lui fournirait, sinon le plan exact des lieux, au moins quelques repères. Ce n'est pas le cas. Sa mémoire n'a rien enregistré. Une partie de son plan s'évanouit. Refusant de se résigner, il tente de construire un raisonnement logique. Un juge installe-t-il son bureau dans les profondeurs du Palais de Justice ? Ou plutôt dans ses hauteurs ? Il est stupide. Il opte pour la montée et gravit quatre à quatre la première volée de marches.

18 h 55.

À l'étage au-dessus, la lumière bleutée d'un écran se répand sur le sol du couloir. Diego s'approche tout doucement. La pièce, qui ressemble à une salle d'attente avec ses chaises alignées le long de chacun des murs, est vide. Il jette un œil à l'écran. Des compteurs dédiés à l'application *Guilty* affichent les scores des prochains candidats au relâchement. Marc Bardys a franchi le cap des deux millions et talonne une femme, à quelques voix près : Gladys Tromer. Des noms. Des scores. Des gens qui patientent ici, peut-être fascinés par l'évolution de ces nombres.

Il fait un pas en arrière et regagne le couloir.

Du fond, une voix l'interpelle.

— Qui êtes-vous ? Que faites-vous ici ?

L'homme porte une casquette et un uniforme de vigile. L'écusson sur son blouson capte par instants la lumière et brille dans le couloir sombre. Diego regarde son portable. 18 h 56.

— Intrusion en zone 3, notifie le vigile dans son talkie-walkie.

Une poussée d'adrénaline embrase le cerveau de Diego et agite son cœur. Il porte une main à son ventre.

— Qui êtes-vous ? répète le vigile.

Diego est coincé ici. Tout peut arriver. Il est comme une pièce de monnaie envoyée dans les airs, qui tourne sur elle-même avant de savoir sur quelle face elle va retomber.

Il s'avance vers l'homme en uniforme. Perturbé, celui-ci lance un nouvel appel à son talkie-walkie. Sa voix pressante trahit son stress.

— Je demande du renfort, zone 3 !

Puis :

— Ne bougez plus. Placez-vous contre le mur et levez les bras !

Diego l'ignore. Le vigile a abandonné son talkie-walkie, il serre une matraque dans une main, une bombe anti-agression dans l'autre. Il est prêt à le pulvériser.

Diego accélère dans sa direction. Sur les portes de droite, il voit des noms et des fonctions. *Juges*. Il est dans le bon couloir. La chance continue à être de son côté. Soudain, des pas précipités retentissent derrière lui. Au moins deux. Un coup d'œil par-dessus son épaule le lui confirme : un homme et une femme.

— Stop ! hurle-t-elle sur un ton menaçant.

Diego n'obéit pas. Sur les portes, il examine les noms, espérant reconnaître celui de la juge qui lui a signifié son relâchement. Il avance toujours. Le vigile face à lui s'est arrêté et fait tournoyer sa matraque.

Derrière, les deux autres se mettent à courir. Ils vont être sur lui. Il accélère. Enfin il lit sur une porte le nom de sa juge et sa fonction. *Elsa de Bauller. Juge des condamnations populaires.* Il s'arrête, inspire profondément puis il se lance :

— Je m'appelle Diego Abrio ! J'ai fait l'objet d'une procédure de relâchement avant-hier. À l'extérieur, des gens veulent me lyncher. Je ne veux pas mourir !

Il se retourne vers les deux vigiles qui couraient dans son dos. Ils ont ralenti et progressent maintenant avec méfiance.

— Je veux voir Elsa de Bauller. Elle doit me protéger !

Là, les vigiles se figent.

— Vous êtes armé ? le presse un des hommes.

— Non ! répond-il aussitôt en levant ses bras pour le prouver.

Ils se précipitent. Diego se plaque, dos au mur, garde les mains levées au-dessus de sa tête et demeure immobile jusqu'à ce qu'ils le rejoignent. Il leur répète :

— Je m'appelle Diego Abrio. Je suis en danger de mort. Je demande la protection de la juge.

Les deux hommes le menacent de leurs bombes anti-agression et de leurs matraques. La femme s'éloigne un peu de la scène, talkie-walkie à la main. Elle décrit la situation à son interlocuteur et lui demande des instructions. Les secondes suivantes sont longues, pesantes. Enfin, elle revient.

— Les ordres sont clairs. Il faut le remettre dehors. Nous n'avons pas le droit de lui porter assistance.

Diego se laisse tomber à genoux, il les supplie. Cela reste sans effet. Quand deux des vigiles le saisissent sous les bras pour le remettre debout, il se débat, mais arrête quand l'un d'eux approche une bombe lacrymogène de son visage. Sans un mot, ils l'emmènent deux étages plus bas. Ils le traînent quand il n'avance pas assez vite. Par moments, ses pieds ne touchent plus le sol. Ses pensées se bousculent. Puis deux autres vigiles les rejoignent, essoufflés. Le premier le détaille d'un air mauvais, l'autre paraît plutôt amusé. Il finit par dégainer son portable. Diego croit qu'il veut immortaliser l'instant.

— Je vais prévenir mon voisin qu'il est là. Il rêve de se le faire !

— Range ça tout de suite, lui ordonne la femme. Ou je fais un rapport.

Il grommelle un juron qu'elle ne relève pas.

Devant eux, il y a une porte métallique. Un des vigiles l'actionne. Derrière, il y a l'extérieur.

Extrait du procès de Diego Abrio

Interrogatoire du prévenu par l'avocat de la famille de la victime

Avocat :

— Monsieur Abrio, vous avez dans un premier temps déclaré aux enquêteurs que vous n'aviez consommé ni alcool, ni drogue, au cours de la soirée qui a précédé l'accident ayant ôté la vie à Mona Goverts. Reconnaissez-vous avoir menti ?

Prévenu :

— Oui.

Avocat :

— Pourquoi ?

Prévenu :

— J'ai paniqué. C'était idiot de ma part ; je le regrette. Je ne savais plus où j'en étais. C'était si terrible.

Avocat :

— C'EST si terrible. Vous pouvez employer le présent. Ce drame, les parents et la famille de votre victime le vivent toujours !

Juge :

— Maître, nous ne sommes pas là pour faire la morale au prévenu. Reprenez, s'il vous plaît, le cours de votre interrogatoire.

Avocat :

— Oui, monsieur le juge. Monsieur Abrio, quand vous avez dit à ceux qui tentaient de vous empêcher de prendre le volant que vous étiez en état de conduire, avez-vous aussi menti ?

Prévenu :

— Non, non ! Je ne leur ai pas menti.

Avocat :

— Alors ?

Prévenu :

— J'étais convaincu de pouvoir conduire sans risques. Je n'aurais pas dû, je sais, c'est la pire connerie que j'ai faite de ma vie.

Avocat :

— Une des pires conneries de votre vie, comme vous dites. Vous affirmez que vous étiez convaincu de pouvoir prendre le volant. Cependant, votre problème d'alcoolisme n'était pas nouveau. Il vous a même valu une exclusion du lycée.

Prévenu :

— Je ne suis pas un alcoolique. J'ai pris une cuite ce jour-là, c'est tout. J'aurais séché les cours, personne ne s'en serait aperçu, et je n'aurais pas été viré.

Avocat :

— C'est donc la faute à pas de chance. Je laisse les jurés apprécier votre réponse. Quant à votre condamnation pour détention et revente de cachets d'acide, c'est aussi la faute à pas de chance ?

22

JEUDI, 19H14

Diego grimpe à l'arrière du scooter et enfile son casque.

— Roule, roule ! ordonne-t-il à Vic.

Face à eux, deux véhicules de police déboulent, sirènes hurlantes, leurs gyrophares éclaboussant les façades de rouge et de bleu. Sur la gauche, devant le Palais de Justice, Diego aperçoit un attroupement. Des curieux ? Des lyncheurs déçus ? Il s'en moque. Tout ce qui compte, c'est de mettre de la distance entre eux et lui. Même si son plan ne s'est pas déroulé comme il l'avait prévu, l'improvisation semble jouer en sa faveur. Il avait voulu entrer par effraction dans le bureau de la juge à 19 heures précises pour s'y faire repérer par son bracelet électronique. Après, il aurait vite quitté l'endroit en masquant sa fuite par un message sur les réseaux sociaux pour expliquer qu'il demandait une protection de la juge et qu'il resterait dans son bureau tant qu'elle ne viendrait pas le rencontrer. Mais les vigiles l'ont surpris. Il a dû jouer son sort à quitte ou double. Sans être certain qu'on le remettrait dehors, il a adapté son plan et cela a fonctionné. La confusion générale va lui permettre de souffler un peu avant d'envisager la suite.

Alors qu'ils roulent, l'angoisse reflue petit à petit et Diego parvient à respirer plus profondément. Autour d'eux, le ciel s'assombrit. Dès qu'ils s'arrêteront, il jettera un œil à l'application *Guilty.* Comment parviendra-t-il une nouvelle fois à tromper ses poursuivants ? Il s'apprête à lister plusieurs hypothèses quand Vic pose une main sur son genou. Gêné, il se crispe mais il ne bouge pas. Peut-être a-t-elle simplement besoin de ce contact pour évacuer son stress. Ou bien cherche-t-elle à lui manifester son soulagement.

Un poids immense comprime soudain sa poitrine. Sans qu'il s'en soit rendu compte, Vic les a conduits dans la zone industrielle à proximité de chez ses parents.

— Personne ne te cherchera dans ce coin, lâche-t-elle en arrêtant le moteur. À cette heure les entrepôts sont fermés et les camions de livraison ont déserté l'endroit.

Il l'aide à pousser le scooter à l'intérieur d'un hangar désaffecté. Leurs pas résonnent sous sa voûte métallique. Des gravats couvrent le sol. Ils camouflent l'engin derrière une série d'étagères à moitié fracassées.

— C'est parfait, commente-t-elle en se tournant vers lui.

Il tente de sonder son regard. Il craint qu'elle revienne sur son geste de tout à l'heure. Elle n'en fait rien.

— Viens, dit-elle.

Elle l'entraîne vers d'anciens bureaux. Là, des tagueurs ont couvert les murs de fresques plus ou moins réussies. Elle lui demande de raconter dans les détails ce qu'il s'est passé au Palais de Justice. Il se contente de lui dire que tout s'est déroulé comme prévu.

Elle regarde son smartphone. Un sourire se dessine sur son visage.

— Qu'est-ce qui se passe ? demande-t-il.

Pour toute réponse, elle lui montre l'écran de son portable.

Alerte info :

Ruse ? Bug informatique ? Arrestation ? La position transmise aujourd'hui à 19 heures précises par le bracelet électronique de Diego Abrio le situe à l'intérieur du Palais de Justice, à l'endroit même où ce bracelet lui a été posé quand le juge lui a signifié son relâchement.

— Ça va les occuper un moment, commente-t-elle.

Ce moment, chacun d'eux en connaît la brièveté. Dans un peu moins de vingt-trois heures, le bracelet électronique de Diego donnera sa nouvelle position. D'ici là, ses poursuivants auront continué à s'organiser. Peut-être seront-ils plus nombreux, attirés par cette chasse atypique qui leur donne tant de fil à retordre et une adrénaline inédite.

Une fatigue intense s'empare de Diego. Il rêve de s'allonger, ici, de simplement s'endormir. Soudain, un bruit de pas l'alerte.

— C'est mon père, annonce Vic.

Vous écoutez Radio Fréquence Plus, la radio qui vous fait vivre l'information comme si vous y étiez.

Ce soir, nous avons demandé à une militante opposée à la loi sur le relâchement de réagir à la situation. Bonsoir, Helena. Il règne une grande confusion quant à la localisation du relâché Diego Abrio. Certains médias titrent : Ruse ? Bug informatique ? Arrestation ? Qu'en pensez-vous ?

— Je n'ai aucune information de plus que celles que vous possédez. Sa dernière localisation le situe dans le Palais de Justice. Cela doit tous nous interroger. Cette procédure de relâchement est inhumaine !

Nous entendons vos arguments, Helena. Pourtant je vais me faire l'avocat du diable. Que faites-vous des victimes ?

— J'ai un profond respect pour les victimes et pour leurs familles. Mais ce lynchage organisé n'a rien à voir avec la compassion ou le soutien que l'on peut apporter aux victimes. Le lynchage, tel qu'il est prévu par la loi, n'est qu'une forme de vengeance pseudo-légale. Chaque lyncheur se rend coupable de la violence même qu'il condamne. Il y aurait des violences légales, et d'autres qui ne le seraient pas ? Je suis pour que les coupables effectuent leur peine.

Merci, Helena pour ce point de vue. Vous dites que vous préféreriez que les coupables effectuent leur peine. Quitte à les enfermer à vie? Cela n'est-il pas inhumain?

— Tout coupable doit rendre des comptes aux victimes et à leurs proches. Il ne s'agit pas de nier cela. Mais la prison ne doit pas être une simple punition. Elle doit permettre à chaque détenu d'espérer une réinsertion. Une personne peut changer.

Helena, nous avons bien compris que vous êtes contre cette procédure de relâchement.

— Oui, totalement. Cette procédure flatte les bas instincts, elle excite les peurs et joue sur les émotions. La justice a besoin de sérénité. Comprendre nécessite de prendre du recul. On ne peut pas confier le sort d'une personne à la population qui ne connaît pas son dossier et ne va souvent laisser parler que ses émotions. Il faut ramener la raison dans tout cela.

Merci, Helena. Vos arguments auront peut-être convaincu certains de nos auditeurs.

Vous écoutez Radio Fréquence Plus. Comptez sur nous pour tenter de percer le mystère de cette localisation étonnante du relâché Abrio à l'intérieur du Palais de Justice. Ruse? Bug informatique? Arrestation? Nous le saurons bientôt!

Nous nous retrouvons juste après la page de pub pour faire un nouveau point sur la situation.

23

JEUDI, 20H23

Vic montre la cheville de Diego.

— On doit virer au plus vite ton bracelet électronique ! Tu ne peux pas continuer comme ça. Sinon, demain, il faudra trouver un stratagème pour semer tes poursuivants puis de nouveau après-demain, et le jour d'après, et les suivants.

Il sait déjà tout cela, il l'écoute à peine.

— Le système est inviolable, dit-il. Qu'est-ce que ton père peut y faire ?

Vic le fixe.

— Il est informaticien. Ce truc est bourré d'électronique…

— Je ne peux pas accepter son aide.

— Tu as bien accepté la mienne.

Sans attendre, elle interpelle son père.

— On est ici !

Diego redoute cette confrontation. Il voudrait savoir ce qu'elle a raconté à son père pour qu'il accepte, mais il n'a pas le temps de lui poser la moindre question, le père de Vic est déjà face à lui.

La première fois où il l'a rencontré, il a été impressionné par l'assurance qu'il affichait. Mona lui avait proposé de passer chez elle. Son père réparait une de ses motos dans le garage. Diego s'était vite retrouvé avec sa main sur son épaule, l'entraînant à l'intérieur pour lui faire partager sa passion des gros cubes. Si Mona n'était pas intervenue, il l'aurait certainement emmené faire un tour sur un de ses engins. Plus tard, il l'avait convaincu de passer son permis moto.

Alors qu'il s'approche d'eux, Diego se contente de lui adresser un sourire gêné, timide – et sûrement imbécile, il espère que l'obscurité l'a avalé. L'homme ne lui adresse pas un mot, il va vers sa fille, qu'il prend dans ses bras. Il lui souffle quelque chose à l'oreille. Ne voulant pas paraître indiscret, Diego s'éloigne un peu et laisse courir son regard sur le mur. Un grand lézard coloré s'apprête à avaler un homme en costume sombre, des poches duquel dépassent des liasses de billets. Le symbole $ est dessiné sur son chapeau. Dessous, une inscription : *La nature ne se laissera pas bouffer par le pognon.*

Au bout de quelques minutes, Vic vient le chercher et l'entraîne vers son père.

— Installe-toi là, murmure ce dernier.

Diego s'assoit sur la chaise qu'il lui a indiquée en prenant soin de relever son jean pour découvrir le bracelet électronique. Vic s'accroupit à côté de son père. Une lueur bleue envahit l'espace. Elle provient de l'écran d'un ordinateur portable. Diego détaille le visage tendu du père de Vic, son crâne chauve qui capte la lueur bleutée. Il sent ses doigts effleurer sa cheville et tourner le bracelet dans un sens puis dans l'autre.

— Alors ? demande Vic.

— Laisse-moi me concentrer, s'il te plaît.

Il pianote sur son clavier. Un léger cliquetis, à peine perceptible.

Ils avaient toujours entretenu de bons rapports, non seulement pour la moto, mais pour la simplicité et la franchise de leurs échanges. Le père de Vic lui avait raconté son histoire, tout du moins des bribes : son enfance d'orphelin déchirée entre différents foyers d'accueil ; il aurait pu mal tourner s'il n'avait pas rencontré celle qui allait devenir sa femme puis la mère de ses enfants ; son bonheur d'avoir fondé une famille, une vraie, celle dont il avait toujours rêvé.

— Je vais faire le guet, annonce Vic en se redressant.

Diego la regarde s'éloigner, mal à l'aise de se retrouver face à face avec son père. Il pourrait lui répéter tout ce qu'il a dit quand il a débarqué chez eux, la veille. Il préfère se taire. De temps en temps, le passage d'une voiture qui file sur la route voisine trouble le silence. Le malaise monte en lui.

— Pourquoi ? finit-il par lâcher.

Le père de Vic ne répond pas. Diego doute presque qu'il l'ait entendu. Puis la réponse fuse. Cinglante.

— Je ne veux pas perdre ma seconde fille.

Ses mots sont des coups de poignard. Il ne fait pas ça pour lui, bien sûr, mais pour Vic, parce qu'il l'aime. L'idée de le libérer de son mouchard doit lui sembler insupportable. Pourtant il s'en acquitte. Ainsi, il renvoie Diego à sa culpabilité. Il a compris qu'elle sera plus contraignante à porter que ce bracelet électronique et que, contrairement à lui, elle durera longtemps. Sa femme est-elle au courant ? A-t-elle donné son accord ou se sont-ils disputés à son sujet ?

Enfin, Vic est de retour. Diego fixe son attention sur ses pas légers qui cherchent leur chemin au milieu de tous les détritus et débris.

— T'en es où ? demande-t-elle en les rejoignant.

— Je ne parviens pas à neutraliser le système qui gère le cadenas électronique. Il est inviolable.

Vic soupire.

— Il doit bien y avoir une solution, non ?

Son père secoue négativement la tête.

— S'il est impossible de le retirer, poursuit-elle, on peut peut-être falsifier les données qu'il transmet pour que le pouls de Diego soit à zéro et que tout le monde le croie mort ?

Le père de Vic redresse la tête. Son visage, pâle, est tendu. Diego aimerait être capable de se projeter dans l'après bracelet électronique, mais il ne le peut pas. Il n'y a que le passé, qui écrase son présent, et nie son futur.

— Je n'y arrive pas non plus, finit par lâcher le père de Vic. Ce système est ultra-verrouillé. Je n'arriverai jamais à le cracker.

— Merde ! lâche la jeune fille en tapant du pied.

— Reste la méthode forte, dit son père. Je vais chercher des outils.

Gun_27

Diego Abrio est dehors. C'était une ruse.

La police confirme cette hypothèse.

20:51 ♥ : **173** : **34** : **4**

Réponses :

Chasseur_solo *@Gun_27*

S'il veut jouer au plus malin, il perdra. Nous aussi on peut l'être !

20:53

Lynchage_maintenant *@Chasseur_solo*

Avec des malins dans ton genre, on est bien barrés !

Tu proposes quoi ?

20:54

Chasseur_solo *@Lynchage_maintenant*

Listons tous les endroits où il pourrait se cacher et où on ne le chercherait pas. Ce type est vicelard. Faut pas l'oublier.

20:55

Gun_27 *@Chasseur_solo*

Tu as raison. Voici ma liste : Casse automobile, ou centre d'éducation routière. Il est capable de tuer quelqu'un pour se refaire coffrer, ou même d'aller se planquer du côté de chez les parents de sa victime. Faut s'attendre à tout avec lui.

20:57

24

JEUDI, 21H06

Vic se tient près de Diego. Elle se veut rassurante, répète à l'envi que son père va rapidement revenir avec des outils efficaces, qu'elle lui fait entièrement confiance et qu'il ne le dénoncera jamais. Toutefois, Diego se méfie : pas de lui, mais de tous ceux qu'il croisera avant de revenir dans le hangar – sa femme, Alex – et qui sont prêts à tout pour le faire changer d'avis.

— Tu n'as pas à t'inquiéter, insiste-t-elle. Je suis là. Et tant que je suis avec toi, ils ne tenteront rien.

Il la trouve naïve, pourtant il ne lui en veut pas. L'espoir d'être libéré du mouchard électronique est le plus fort.

— Rien ne lui résiste, tente-t-elle. Il va réussir à faire sauter ton bracelet.

Au fond de sa poche, Diego triture le foulard en soie de Mona. Il éprouve un profond abattement. Il est épuisé. Il n'en peut plus. Le risque est qu'il s'endorme quelque part, que son bracelet signale sa présence et qu'on vienne le cueillir sans qu'il ait pu tenter de s'enfuir. Il réprime cette pensée, traque et rassemble ses dernières doses d'énergie. Il ne peut se résoudre à ne rien faire.

— Attends-moi là !

Si le père de Vic le dénonce, cet endroit se transformera en piège. Il doit rester prudent, sur le qui-vive. Il parcourt un à un les bureaux et inspecte les fenêtres. Partout il y a des amoncellements de détritus, de mobilier cassé ou détruit. Derrière une porte, il trouve un escalier métallique qui mène au toit du bâtiment. Nouveau piège. Une fois là-haut, il serait coincé. Il continue sa fouille.

Il avise une trappe dans un plafond, tire un bureau juste en dessous et grimpe dessus pour l'entrouvrir. Avec la torche de son téléphone, il balaye l'endroit. En plus de la poussière, il distingue des gaines électriques, d'autres plus larges qui devaient servir au système d'aération. Il n'a rien à espérer de ce côté-là – à part créer une fausse piste. Il piétine le bureau pour le marquer de ses empreintes et repositionne volontairement mal la trappe du plafond pour laisser croire qu'il a pu s'échapper par là-haut. C'est dérisoire, il en a conscience. Il ouvre plusieurs fenêtres, ou ce qu'il en reste, dispose des chaises à proximité pour laisser là encore imaginer qu'il a fui. Il entrouvre ensuite la porte qui débouche sur l'échelle métallique menant au toit. Multiplier les hypothèses, fractionner le nombre de poursuivants… face à un groupe, que pourrait-il espérer ?

Espérer ne fait plus partie de son vocabulaire depuis des années. Il ferme les yeux et, comme à chaque fois, le visage de Mona apparaît. Elle lui sourit dans le fracas de la tôle qui se froisse, des vitres qui explosent. Elle ouvre la bouche sur un cri silencieux.

Diego doit s'appuyer à un mur pour ne pas tomber.

— Mona, murmure-t-il.

Il sort son foulard rouge de sa poche, le plaque sur son visage et hume. Mais il ne retrouve pas l'odeur de Mona. À quoi pouvait-il s'attendre d'autre ? Il tente de se remémorer son parfum, qu'elle aimait épicé, presque poivré. Il en a oublié le nom. Il s'en veut, cette pensée le déchire.

— Mona, répète-t-il.

Soudain un bruit de moteur qui approche. Diego court à la fenêtre, reconnaît le profil d'une moto et attend d'être certain qu'il s'agit du père de Vic pour bouger.

Quand le pilote retire son casque, aucun doute n'est possible. C'est bien lui.

Sans attendre, il rejoint Vic.

— Mon père est là, annonce-t-elle.

— Je sais.

Vic prend sa main.

— Tu vas voir, il va trouver une solution.

Quand l'homme approche, il tire un rouleau de câble fin d'une trousse à outils.

— C'est une scie à fil de diamant, explique-t-il d'une voix froide. Ça peut couper de la pierre. Mais ce n'est pas si simple.

Il passe une main sur son crâne chauve.

— Au moment où on coupera le bracelet, reprend-il, ta position sera instantanément révélée.

Cette information, Diego l'a reçue du technicien quand il fixait le mouchard à sa cheville. Il s'en rappelle à présent !

— On va faire ça près de ma moto. J'ai pris deux casques. On devra filer aussitôt après. Avec cet engin, personne ne pourra nous rattraper.

Vic se précipite dans les bras de son père.

— Papa, tu es formidable. Merci. Je suis tellement fière de toi.

D'un geste doux, il la repousse sans détacher son regard de Diego.

— Ensuite, je ne veux plus jamais te revoir ni avoir affaire à toi. C'est compris ?

Diego acquiesce.

— Que vas-tu faire de ta liberté ? demande alors le père de Mona.

L'hypothèse qui enflait doucement dans sa tête l'a colonisée en entier. Diego peine à respirer. La sueur dévale son front et ses tempes. Pour la première fois depuis longtemps, il sait. Il laisse sa décision s'installer en lui, devenir une partie intégrante de lui-même. Il prend quelques secondes pour rassembler ses mots, inspire, expire, inspire encore avant de se lancer.

— Il n'y aura pas de liberté, car vous n'allez pas me retirer mon bracelet électronique.

Vic écarquille les yeux et fait un pas dans sa direction.

— Qu'est-ce que tu racontes ?

Sa voix est aiguë tant sa surprise est grande.

— Comment pourrais-je continuer à aimer Mona si je ne paye pas pour la faute que j'ai commise ?

Vic fait un nouveau pas vers lui.

— Mais… enfin… arrête de dire n'importe quoi !

Elle agite les bras.

— Tu veux te faire fracasser et finir sous les coups des lyncheurs ? C'est n'importe quoi. Ça ne nous rendra pas Mona. Ça ne servirait à rien !

Diego lève la main pour l'arrêter.

— Non, ce n'est pas ça. Je n'ai aucune envie de mourir. J'ai bien réfléchi. Je vais purger ma peine, dans une des prisons clandestines des Partisans d'une Justice Équitable.

— Personne ne sait si elles existent !

— Mais si, ces prisons existent, dit-il calmement. J'ai rencontré un membre des P.J.E. Elle s'appelle Helena. Elle m'a tout expliqué.

Vic se tourne vers son père.

— Papa, dis quelque chose.

L'homme demeure immobile et silencieux. Son visage s'adoucit, s'illumine d'un léger sourire de gratitude… le soulagement, sans doute, de ne pas avoir à libérer le meurtrier de sa fille.

Sa réaction conforte Diego dans son choix. Vic, qui l'a compris, n'insiste pas. Son père la prend par l'épaule alors qu'il commence à s'éloigner.

Le cœur battant, Diego compose le numéro que lui a communiqué Helena. Sa respiration devient plus courte à mesure que les sonneries s'accumulent. Il s'attend à basculer sur sa boîte vocale quand elle décroche.

— Allô ?

— C'est Diego… Abrio.

— Bonjour, Diego. Que puis-je pour toi ?

Helena n'a pas manifesté le moindre étonnement.

— J'ai réfléchi à ta proposition. Je veux purger ma peine dans une prison des P.J.E.

Il passe une main nerveuse dans ses cheveux.

— Très bien. Tu as terminé ce que tu avais à faire ?

— Oui.

— D'accord. Tu veux réfléchir encore ou tu te sens prêt ?

— Je suis prêt. Maintenant.

Son cœur s'est mis à battre plus fort, avec un tempo à peine plus rapide, mais qui semble pulser de plus grandes quantités de sang. Il est pris d'un léger vertige.

— Envoie-moi un message avec ta position précise. On va venir te récupérer.

— Quand ?

— Ça devrait être rapide, dans une demi-heure, au maximum dans une heure. Je t'enverrai un message pour te prévenir. D'ici là, reste le plus discret possible.

— Merci.

Une fois qu'il a raccroché, il reste un moment immobile, le téléphone à la main. Ses pensées vont à Mona. Il espère qu'elle serait fière de lui. Puis il rejoint Vic et son père, qui n'ont pas bougé. Ils se tiennent enlacés.

— Ils vont venir me récupérer, annonce Diego.

— Quand ? l'interroge Vic.

— Dans une demi-heure, une heure.

Il voit sa déception. Quand elle veut s'approcher de lui, son père la retient. Elle fait une grimace, mais ne lutte pas. Il s'apprête à lui dire que c'est mieux ainsi quand il la voit tourner brièvement la tête vers la route.

— Quelqu'un arrive, murmure-t-elle.

Diego cesse de respirer. Écoute. Cherche une confirmation. Il sait que ce n'est pas Helena. C'est trop tôt.

Un cri retentit. Comme un couperet.

— Papa, je sais que tu es là. Si Vic est avec toi, vous devez partir, et vite ! J'ai prévenu que l'autre enfoiré se trouvait ici. Ils vont arriver. Pour venger Mona ! Avec moi !

Énoncé du verdict lors du procès de Diego Abrio

Monsieur Abrio, levez-vous. En âme et conscience, la cour vient de délibérer. À l'unanimité, compte tenu de votre passé judiciaire, les jurés ont décidé de retenir le caractère volontaire de l'homicide. Vous ne pouviez ignorer que la prise concomitante de drogue et d'alcool risquait de conduire à ce désastre. Enfin, malgré différentes mises en garde, vous avez pris le volant.

Aussi la cour vous déclare coupable d'homicide volontaire sur la personne de Mona Goverts et vous condamne à la prison. Après trois années de détention, vous entrerez dans le champ de la loi sur le relâchement. Si, à ce moment-là, le peuple souverain ne vous désigne pas comme relâché, vous purgerez douze années de prison supplémentaires.

25

JEUDI, 22H06

— Papa ! crie de nouveau Alex.

L'inquiétude a envahi sa voix.

— Papa ? hurle-t-il en pénétrant dans l'entrepôt.

Déjà des voitures déboulent sur le parking. Des voix se détachent du brouhaha et des claquements de portières pour organiser l'encerclement du bâtiment. Le piège est en train de se refermer sur Diego. Dans un geste vif, le père de Vic se lacère la joue à l'aide du fil de diamant, puis tire sur sa chemise pour la déchirer.

— Qu'est-ce que tu fais ? demande Vic, affolée par le sang qui macule son visage.

— Allez-vous cacher tous les deux ! Et ne bougez pas tant qu'ils sont dans le coin.

Les appels d'Alex se rapprochent, toujours plus inquiets. Vic esquisse un geste d'incompréhension.

— Fais ce que je te dis ! ordonne son père d'un ton ferme.

— Mais…

— Je ne veux pas que mon fils devienne un meurtrier, lâche-t-il pour étouffer ses dernières réticences.

Son regard brutal est destiné à Diego, qui le reçoit sans broncher avant de saisir la main de Vic pour l'entraîner. Derrière eux, son père s'est allongé sur le sol pour simuler une agression. Diego emprunte le couloir, traverse l'enfilade. La main de Vic est bouillante, de plus en plus moite. Il faut qu'ils se cachent dans le faux plafond. Partout ailleurs, le hangar va être fouillé. Diego aide Vic à monter sur le bureau, à grimper sur la chaise, lui dit de pousser la trappe et lui fait la courte échelle pour l'aider à monter.

L'entrepôt résonne de cavalcades. Des bruits de pas précipités vibrent sous la voûte métallique.

Diego voudrait presser Vic, mais cela ne sert à rien. Il la regarde se tortiller puis disparaître dans le goulet. Il jette un coup d'œil à la porte, grimpe à son tour sur la chaise, saisit la main qu'elle lui tend, s'agrippe, tire sur ses bras et se hisse. S'il fait tomber la chaise du bureau, les assaillants l'entendront. S'il la laisse ainsi, ils risquent de déduire qu'ils se sont cachés là-haut.

Diego referme la trappe sur lui. Il n'y a plus que l'obscurité. Il pousse Vic vers l'avant. Ils rampent à la suite dans la poussière étouffante. Des cris leur parviennent, et des bruits de toutes sortes : verre brisé, mobilier que l'on retourne... Diego voudrait se boucher les oreilles, mais il préfère poser une main sur celle de Vic. Leurs doigts s'accrochent.

— Fouillez tout ! hurle une voix juste sous eux. Il ne doit pas être loin !

Le fracas redouble, sinistre. Assourdissant.

Dans sa poche, son téléphone vibre. C'est sans doute Helena qui lui donne ses instructions. Il attrape son portable pour lui envoyer un message afin de la prévenir de ne surtout pas venir tout de suite quand le plafond explose devant eux. Une seconde après, le phénomène se reproduit un peu plus loin. Diego se met à ramper en reculant, Vic aussi. Partout des coups. S'ils ne bougent pas rapidement, ils seront découverts. Par les brèches ouvertes pénètre la lumière des torches. Ils reculent encore. Dans quelques secondes, ils seront acculés à un mur. Que faire ?

La poussière brouille la vision de Diego. Ses yeux le piquent, sa gorge le brûle. Il se retient de tousser, se rend compte qu'il n'a plus son téléphone dans la main. Quel con ! se maudit-il. S'il tombe du plafond ou s'il se met de nouveau à vibrer, il les trahira.

Ici et là, des morceaux du faux plafond volent en éclats, soulevant des nuages de poussière. Vic étouffe une quinte de toux dans son coude. Quand le faisceau d'une torche balaye l'intérieur du faux plafond, ils se plaquent au sol.

— Puisque je vous dis qu'il a enlevé ma sœur et qu'il s'est barré ! hurle Alex. Ce salaud a enlevé Vic et blessé mon père !

Dans l'instant, le calme revient.

— Il n'est plus là !

Alex est fou de rage et d'inquiétude. Diego entend les tapes amicales que les autres doivent lui donner dans le dos avant de repartir. Le groupe remonte dans les voitures. Les pneus crissent. Des coups de klaxons retentissent. Le silence envahit enfin l'endroit. Sonnés par l'imminence du danger qui les guettait, Diego et Vic demeurent un long moment sans bouger ni parler. Le soulagement ne suffit pas à étouffer les tremblements de leurs mains.

Diego craint que certains soient restés en planque. Mais comment savoir ? Il entend son téléphone vibrer, plus loin. Quand il s'en approche, le plancher du faux plafond se met à ployer sous son poids. Un vaste trou le sépare de son portable. La vibration s'arrête, reprend, s'arrête de nouveau. Helena doit s'impatienter et ne pas comprendre ce qui se passe. Diego recule, écarte une dalle, aperçoit le sol en contrebas. Il écoute longtemps, sans entendre le moindre bruit. Il prend appui sur ses avant-bras et laisse pendre son corps dans le vide. Il compte mentalement jusqu'à trois, se laisse chuter et se réceptionne en roulant sur le sol. Il repère approximativement l'endroit où se situe son portable. Il est à l'aplomb de la cage d'escalier : inatteignable.

— Tu m'aides ? l'interpelle Vic.

Diego se positionne sous elle.

— Passe tes jambes en premier. Prends appui avec tes pieds sur mes épaules.

Très vite, il sent son poids, tend ses bras en l'air pour qu'elle saisisse ses mains. L'instant d'après, il la dépose au sol.

Que fait Helena ?

Ils regagnent le rez-de-chaussée et sortent du bâtiment. Ils s'apprêtent à traverser le parking quand une voiture arrive. Ils ont à peine le temps de se nicher dans un renfoncement. Mais le conducteur les a repérés et fonce sur eux. Ils se mettent à courir. Le véhicule parvient à leur hauteur.

— Diego ? On est des P.J.E.

Il s'arrête net. À l'intérieur du véhicule, ils sont trois.

— Helena n'est pas là ?

— Elle ne vient jamais en intervention… chacun son rôle.

Et s'il s'agissait d'un piège ? Diego jauge leurs visages, puis décide qu'il n'a pas le choix.

— On est deux, lance-t-il au chauffeur.

L'homme n'hésite pas une seule seconde.

— Nous n'avons aucune instruction pour elle. Tu montes ! Seul ! Ou on repart.

Cela ne souffre aucune contestation.

— Vas-y, je t'en prie ! le presse Vic. Ils risquent de revenir à tout moment.

26

VENDREDI, 1H37

La voiture s'est engouffrée dans une rampe de parking. Une porte s'est refermée derrière eux. Diego n'a posé aucune question durant le trajet. Il a laissé ses larmes couler sous le bandeau qui masquait ses yeux. Les occupants du véhicule ont pudiquement gardé le silence. Plus tôt, Vic lui a adressé de grands signes alors qu'ils s'éloignaient de la zone industrielle. Son visage se superpose désormais à celui de Mona.

Quand la voiture s'arrête, la portière s'ouvre.

— Tu peux retirer ton bandeau, lui intime l'homme à côté de lui.

Helena est là, qui lui adresse un sourire.

— Tu as fait le bon choix.

Diego ne répond pas. Il n'a pas l'impression d'avoir choisi… Elle lui indique une porte. Ils empruntent un couloir, puis pénètrent dans un bureau. Là, elle lui fait signe de s'asseoir et prend place face à lui, derrière un petit bureau en bois clair.

— Tes conditions d'incarcération seront identiques à celles d'une prison classique… la procédure de relâchement en moins. Mais il faut que tu saches que notre prison est une prison clandestine. Avec les personnes qui travaillent ici, qui toutes sont membres des Partisans d'une Justice Équitable, nous partageons la conviction que cette loi sur le relâchement est mauvaise et qu'elle dévoie la justice. Un condamné doit pouvoir payer sa dette à la société en effectuant sa peine. Il te reste douze années à purger. Tu les purgeras ici. Mais nous croyons que l'enfermement ne doit pas être seulement une punition, il doit te permettre de préparer l'avenir. Pour que tu trouves une place dans la société. Pour que ce que tu as commis ne se renouvelle pas – jamais. Pour la sécurité de tous. Cette prison n'ayant aucune existence légale, la peine que tu effectueras ne sera pas reconnue par les autorités. À leurs yeux, tu es en fuite et tu resteras un fuyard. À la fin de ta peine, tu seras toujours sous le coup d'un avis de recherche. Cela implique qu'en plus du travail sur ta réinsertion, nous devrons te forger une nouvelle identité et procéder à des retouches chirurgicales pour modifier les traits de ton visage. Tu es toujours d'accord ?

Diego approuve silencieusement. Elle ouvre alors un tiroir, en tire un formulaire qu'elle pose devant lui avec un stylo.

— Tu lis et tu signes en bas.

Diego ne lit pas, mais il signe et se laisse aller en arrière contre le dossier de sa chaise. Il ne peut plus réfléchir. Sa tête est vide, son cerveau engourdi.

Deux hommes entrent dans le bureau.

— Nous allons retirer ton bracelet électronique. Ensuite, tu ne pourras plus revenir en arrière.

Diego fronce les sourcils. Elle comprend instantanément ses craintes et lui dit :

— Cette pièce est sécurisée. Rien ne passe à travers ses murs, rassure-toi.

Alors que les deux hommes s'affairent, elle allume un écran, qu'elle tourne vers lui.

Les hommes utilisent une pince à larges mâchoires, reliée à un ordinateur. L'un des deux pianote sur le clavier et, après quelques minutes, le bracelet se défait. Aussitôt une alerte apparaît :

Diego Abrio

Homicide volontaire

22 ans

Justice a été rendue ce jour à 1 h 43

Il manque d'air. Il pense à Mona, puis à Ève Alcid, qui n'a pas eu la même chance que lui.

— Voilà, c'est fait, lui annonce Helena. Désormais tu n'as plus d'existence légale. Ta reconstruction commence aujourd'hui, parallèlement à ta peine.

Il ne comprend pas encore, c'est trop tôt. Il n'en peut plus, il voudrait dormir, fermer les yeux pour oublier, ne serait-ce que quelques heures, tout ce qui vient de lui arriver. Helena se lève et lui fait signe de la suivre dans le bureau voisin. Là elle lui demande de vider ses poches et d'enlever ses chaussures. Il commence par les chaussures, qu'il dépose sur la table. De sa poche, il tire le foulard rouge.

— Je peux le garder ? C'est tout ce qu'il me reste de Mona.

— Non, ce n'est pas autorisé. Au cas où tu aies un coup de cafard… Ce serait trop dangereux.

Même s'il sait que le foulard ne recèle plus l'odeur de Mona, il le porte à son nez et inspire profondément. Il l'imagine sur la colline, son refuge secret. Puis il tente de la visualiser en train de lui faire signe en riant. Il n'y parvient pas.

Il retire ses baskets. Elle lui tend une paire de savates en plastique.

— Tu n'auras pas de cellule individuelle, le prévient-elle alors qu'elle consigne la liste de ce qu'il lui laisse.

Cette annonce le soulage. Il n'en montre rien. Il n'a jamais été un solitaire, il était plutôt du genre à vivre en bande… avant. Et en prison, il n'a jamais été seul ; la solitude lui fait peur.

— Je ne sais pas si tu en as le droit, mais j'aimerais que tu préviennes Elliot et Lya. C'est grâce à eux que je suis là.

Elle ne répond pas et se dirige vers la porte. Il la suit dans les escaliers. Derrière eux, deux hommes ferment la marche. Deux étages plus bas, ils franchissent un sas puis un second. Derrière il y a un couloir, avec une série de portes métalliques. Chacune d'elles est percée d'un œilleton. Helena fait signe à un des types pour qu'il les rejoigne.

— C'est ici. Ton codétenu t'expliquera les règles. Si tu as des questions, tu auras l'occasion de les poser demain à ton référent. C'est une personne qui te suivra tout au long de ta détention. Mais on verra tout ça demain.

L'homme tape un code pour déverrouiller la porte de la cellule, puis l'ouvre.

— Bonne nuit, lui glisse Helena.

Aussitôt, la porte se referme derrière lui. Dans la semi-pénombre, il met une fraction de seconde à repérer celui dont il va partager la vie quotidienne. Il se tient assis sur un tabouret, les avant-bras posés sur ses cuisses, presque affaissé. Ses cheveux gris captent la faible clarté. L'homme se redresse, lui tend son poing afin qu'ils checkent pour se saluer.

— Je m'appelle Jimmy.

— Moi c'est Diego.

— T'es là pour quoi ?

La question ne se veut ni intrusive, ni pressante. C'est un simple moyen d'engager la conversation.

Diego prend une longue inspiration et va s'asseoir sur le bord du lit, face à lui.

— Elle s'appelait Mona...

Vous écoutez Radio Fréquence Plus, la radio qui vous fait vivre l'information comme si vous y étiez.

Nous venons d'apprendre à l'instant la disparition de Diego Abrio. Justice serait donc rendue. Nous attendons la confirmation officielle des autorités publiques, après qu'un médecin légiste aura constaté le décès du relâché. Au moment où je vous parle, nous ne savons pas encore où se trouve le corps.

Si vous possédez une information à ce sujet, appelez-nous, et nous prendrons votre témoignage à l'antenne.

Radio Fréquence Plus, une radio au service des auditeurs, par les auditeurs eux-mêmes.

Je m'appelle Patty. J'ai dix-neuf ans.

Ma vie a basculé un jour de janvier. Il faisait beau. Il devait être 16 heures. La lumière déclinait et les coins de la rue déjà à l'ombre répandaient un froid glacial. Je ne sais pas pourquoi ma mémoire a conservé autant de détails de cet instant.

La rue aux larges trottoirs s'étirait devant nous. Les arbres sans feuilles formaient un alignement triste.

Iris a voulu que je lui achète une revue, où un article sur un de ses groupes préférés venait de paraître. Elle a préféré patienter au-dehors. J'ai placé son fauteuil pour qu'elle se trouve face au soleil et ne prenne pas froid. J'ai bloqué ses freins et je suis entrée dans le magasin. Je n'ai eu aucun mal à trouver sa revue parmi la multitude tant elle m'avait décrit sa couverture. À travers la vitrine, je lui ai montré le magazine, elle a souri, puis j'ai pris place dans la file d'attente.

Soudain, la vendeuse m'a quittée du regard pour voir ce qui se passait derrière moi, dans la rue. Sa bouche s'est arrondie. J'ai fait comme les deux personnes qui me précédaient devant la caisse, je me suis retournée. Je ne pourrai jamais oublier cette roue qui tournait dans le vide… une roue de son fauteuil roulant devenu moulin ridicule.

J'ai laissé tomber la revue pour me précipiter dehors. Iris était étendue sur le sol, inconsciente. Un léger filet de sang coulait de sa bouche. J'ai demandé à un passant de redresser le fauteuil pour que je puisse la remettre dedans. Mais quelqu'un a dit qu'il ne fallait surtout pas la bouger, que cela pouvait être dangereux, que les secours allaient s'en occuper, qu'il les avait appelés.

Je me suis accroupie à côté d'Iris, j'ai caressé doucement sa joue en la suppliant de rouvrir les yeux. Je lui ai parlé. Je n'ai pas cessé de lui parler. Je lui ai raconté tout ce qui me passait par la tête. Je crois même avoir inventé des histoires. Tout autour de nous, une petite foule s'est constituée. Chacun y allait de sa version. Il y avait ceux qui avaient assisté à l'agression, ceux qui expliquaient par où l'agresseur s'était enfui, d'autres qui se lamentaient sur cette violence gratuite.

Gratuite ? Pas tant que ça. Plus tard, on a su que le type voulait lui voler son portable, un simple portable.

J'ai entendu la sirène des secours. J'ai eu l'impression qu'ils n'arriveraient jamais. Puis ils ont été là. La foule s'est écartée. Un médecin s'est précipité sur ma sœur, l'a auscultée et a appelé un de ses collègues. Je ne sais plus ce qu'il lui a dit, mais sa voix trahissait la gravité et l'urgence. Tout le temps où ils ont manipulé Iris, je n'ai pu détacher mon regard des taches de sang qui maculaient son anorak rose, celui qu'elle aimait tant. Enfin, ils l'ont installée dans l'ambulance. Un secouriste m'a demandé son nom, son prénom, notre adresse. Il m'a conseillé de prévenir nos parents et m'a donné le nom de l'hôpital où ils l'emmenaient. Je suis restée sur le trottoir, à regarder filer l'ambulance. Le fauteuil d'Iris était toujours renversé. Peut-être la roue tournait-elle encore.

Iris est restée trois jours dans le coma. Nous nous sommes relayés à son chevet. Son état s'est subitement aggravé. Elle est morte au milieu de la nuit. Ma mère était auprès d'elle.

J'avais seize ans, Iris douze.

Elle n'était plus une chrysalide, pas encore un papillon.

Il manque un peu moins d'un million de clics pour que son agresseur soit relâché.

À suivre…
en octobre 2021

Du même auteur
en grand format

Lancer l'alerte, au risque de tout perdre...

Resterez-vous le même si vous connaissez l'heure,
terriblement proche, de votre mort ?

Ils croyaient se libérer... Ils sont traqués dans une île
qui pourrait devenir un piège mortel.

Migrants naufragés, Sam et les autres survivront-ils pour s'inventer un avenir en Europe ?

Parfois, il est nécessaire de commettre l'irréparable
pour essayer de continuer à vivre...

Les meilleurs amis ne sont-ils pas ceux
qui vous posent les questions qui font mal ?
Le récit compagnon de QUAND VIENT LA VAGUE

Du même auteur en Heure Noire

Alex va-t-il réussir à sauver son ami Omar, victime d'une machination raciste ?

Courir, non pas pour gagner, mais pour sauver sa peau...

Lors d'une réunion d'élèves, des ennemis d'enfance se trouvent. Tout a commencé par du harcèlement...

L'auteur

Après vingt ans passés dans l'enseignement et la formation, Jean-Christophe Tixier a largué les amarres pour se consacrer complètement à l'écriture. Il est l'auteur d'une trentaine de romans, dans des genres et pour des âges différents, pour la jeunesse et les adultes.

Il est aussi l'auteur de nouvelles, de BD et de fictions radiophoniques qui ont été diffusées sur France Inter.

Il partage désormais son temps entre Pau et Paris.

www.jeanchristophe-tixier.fr